L'EXÉCUTEUR

TRAQUENARD À TIJUANA

DISPONIBLES DANS LA MÊME COLLECTION

N° 7 : *Cauchemar à New York*
N° 11 : *Fusillade à San Francisco*
N° 12 : *Le blitz de Boston*
N° 13 : *La prise de Washington*
N° 86 : *Capo di Roma*
N° 87 : *Massacre à Dallas*
N° 88 : *Les tueurs du Plan Fire*
N° 89 : *Les charniers d'Abidjan*
N° 90 : *Course de mort à Maja Blanca*
N° 91 : *Traquenard en Louisiane*
N° 92 : *Le boss de Zurich*
N° 93 : *Hécatombe à Hollywood*
N° 94 : *Piège à Chinatown*
N° 95 : *Apocalypse à Houston*
N° 96 : *Sabordage à Bombay*
N° 97 : *Le crash de San Diego*
N° 98 : *Enfer à Tingo Maria*
N° 99 : *Les masques du pouvoir*
N° 100 : *Les noces noires de Palerme*
N° 101 : *Agonie en Pennsylvanie*
N° 107 : *Le carrousel australien*
N° 109 : *Justice à Portland*
N° 110 : *Cosa Nostra Colombiana*
N° 111 : *Alerte à Seattle*
N° 113 : *Ravages en Alabama*
N° 117 : *Représailles à Manhattan*
N° 121 : *La filière rouge*
N° 123 : *Délivrance à Washington*
N° 124 : *Tonnerre sur Chicago*
N° 125 : *Les bouchers de Bratislava*
N° 128 : *Les chacals d'Hollywood*
N° 129 : *Hallali à Boston*
N° 130 : *Marée sanglante à Carthagène*
N° 131 : *Crash au Colorado*
N° 132 : *La bataille d'Anzio*
N° 133 : *Justice au Montana*
N° 134 : *Estocade à la mafia*
N° 135 : *Intox à New York*
N° 136 : *Feu d'enfer sur Aruba*
N° 137 : *Passing shot pour la mafia*
N° 138 : *Requiem napolitain*
N° 139 : *Jackpot au Rwanda*
N° 140 : *Sentence à Beverly Hills*
N° 141 : *Les enfants morts de la mafia*
N° 142 : *La vengeance de l'ayatollah*
N° 143 : *Larmes de glace à Key West*
N° 144 : *Nuit rouge à Hambourg*
N° 145 : *Le retour à Pittsfield*
N° 146 : *Brooklyn Connection*
N° 147 : *Alerte sur le Bosphore*
N° 161 : *Tonnerre sur Atlanta*
N° 162 : *Vagues de feu sur Pointe-à-Pitre*
N° 163 : *Les chevaux de sang*
N° 164 : *Massacre à Sacramento*
N° 165 : *Le blitz amazonien*
N° 166 : *Les justiciers du mal*
N° 167 : *Embuscade à Santa Clara*
N° 168 : *Les cendres du Phénix*
N° 169 : *Les Anges noirs du Michigan*
N° 170 : *Le rendez-vous de Houston*
N° 171 : *Terreur sur Berlin*
N° 172 : *Mise à mort à Asunción*
N° 173 : *Séisme à Salem*
N° 174 : *Assaut sur La Havane*
N° 175 : *Les mercenaires du diable*
N° 176 : *La bataille de Rapid City*
N° 177 : *Danger mortel à Mexico*
N° 178 : *Alerte rouge au Pentagone*
N° 179 : *La loi du sang*
N° 180 : *Blitz éclair à Hollandia*
N° 181 : *Clash mortel sur Philadelphie*
N° 182 : *Les Triades sanglantes*
N° 183 : *Les démons du Pacifique*
N° 184 : *Carnage à Waco*
N° 185 : *Plein feu sur Barranquilla*
N° 186 : *Mortel combat au Sri Lanka*
N° 187 : *Nuit d'enfer pour la mafia*
N° 188 : *Enchères mortelles à Aden*
N° 189 : *Un duel sans merci*
N° 190 : *Musique funèbre pour un mafieux*
N° 191 : *Panique à Panamá City*
N° 192 : *Mousson sanglante sur Wan Ban*
N° 193 : *Les fossoyeurs de Manhattan*
N° 194 : *Par le feu et par le sang*

DON PENDLETON

L'EXÉCUTEUR

TRAQUENARD À TIJUANA

VAUVENARGUES

Cet ouvrage a été publié en langue anglaise
sous le titre
NIGHTFIRE

Photo de couverture
© R. COLLINS

ISBN 2-280-13198-6 — ISSN 0337-1182

CHAPITRE PREMIER

Tijuana, Basse Californie

Arturo Diaz prêta à peine attention au torrent de musique qui se déversait dans son dos. Les lourdes portes du Zorro Azul s'étaient ouvertes pour laisser sortir un élégant couple de Mexicains de la boîte de nuit. Quand les battants capitonnés se refermèrent, le niveau sonore diminua, tout en restant encore très audible de la rue — si élevé que le videur pouvait sentir les basses et les percussions vibrer sous ses pieds.

Deux clients venaient de sortir, Diaz allait pouvoir en faire entrer deux autres.

Il souleva la corde de velours de son support et laissa la voie libre au couple qui se trouvait en tête. Il remit la corde en place et jeta un coup d'œil à la file d'attente, quelque soixante-dix personnes qui poireautaient sur le trottoir dans l'espoir de franchir les portes couleur rubis de leur petit paradis nocturne.

Autrefois, l'immeuble du Zorro Azul abritait des dentistes et des juristes ; aujourd'hui, ses quatre niveaux proposaient à ceux qui en avaient les moyens une débauche de plaisirs et d'amusements. La porte que gardait Diaz s'ouvrait au tout-venant, aux gens sans importance. Le rez-de-chaussée leur était réservé. Les niveaux supérieurs restaient le privilège d'une clientèle choisie, qui y accédait par un ascenseur privé directement relié au parking souterrain de l'établissement.

Le Zorro Azul était plein tous les soirs, et, pourtant, il perdait de l'argent. La raison en était simple : il accueillait en permanence les meilleurs et les plus célèbres groupes de musique latino-américaine. Un par niveau. Etant donné les tarifs que pratiquaient ces formations, il aurait fallu que le club fasse chaque soir environ cent cinquante mille entrées pour espérer retrouver ses billes, ce qui n'était évidemment pas le cas. Mais ses bailleurs de fonds, les patrons de Diaz, ne s'inquiétaient guère du gouffre financier que représentait le Zorro Azul. Le lieu n'avait d'autre raison d'être que de blanchir l'argent de la drogue.

Sur le trottoir, le portier repéra un grand type qui remontait la file d'attente. Il portait un long pardessus sombre, assez ample, qui avait dû lui coûter cher. Pareil pour ses chaussures, que Diaz, malgré la distance, identifia aussitôt : des Mephisto, importées de France. L'homme avait les cheveux foncés, coupés court. Il avait une démarche à la fois puissante et décontractée.

Un gringo, pensa aussitôt le videur.

Une grande part du boulot de Diaz consistait à évaluer les gens. A repérer ceux qui avaient de l'argent ou ceux qui lui semblaient représenter une menace, quelle qu'elle fût. Ceux qui, à ses yeux, n'étaient pas assez riches ou paraissaient problématiques ne passaient pas la porte.

Quelque chose dans le type en noir activa un système d'alarme dans le cerveau de Diaz, et il s'écarta de la porte d'un bon pas pour mieux l'observer. Alors que l'inconnu arrivait sur lui, leurs regards s'accrochèrent durant une fraction de seconde. Aussitôt, les narines de Diaz se dilatèrent et sa nuque se raidit. Il n'avait jamais vu l'homme auparavant, mais il connaissait bien les types de son espèce. Les tueurs reconnaissent les tueurs de la même manière que les chiens se reconnaissent entre eux.

Sauf que ce tueur-là ne faisait pas partie du personnel des frères Murillo et n'avait donc rien à foutre ici.

Diaz sentit un goût métallique, très désagréable, dans sa bouche. La peur. Convaincu que sa propre mort — soudaine, violente — n'était qu'à quelques mètres et se rapprochait, il glissa la main dans le bas de son dos et agrippa la crosse du pistolet passé dans sa ceinture. Alors qu'il s'était entraîné à dégainer rapidement des milliers de fois, sa main lui parut en plomb, ses doigts à moitié paralysés, engourdis. Et, avant qu'il ait pu sortir le .38 à canon court, l'homme était sur lui.

Mais il n'y eut pas d'affrontement.

Le grand type en noir passa à sa hauteur sans lui accorder rien d'autre que ce regard, et continua de descendre le trottoir.

— Tu as vu ce grand type, là, ce connard ? coassa Diaz à l'intention de son collègue de faction avec lui à la porte.

Il avait du mal à parler. Sa gorge était si douloureuse qu'il avait l'impression d'avoir avalé une bonne cuillerée à soupe de sable.

— Hein ? fit l'autre en se détournant de la jolie fille avec qui il bavardait. Quel connard ?

Le temps que Diaz jette un regard par-dessus son épaule, l'inconnu était déjà loin et semblait se diriger vers l'allée donnant accès au parking souterrain. Rapidement, le videur déclippa le talkie-walkie accroché à la poche de son pantalon et appela les hommes postés là-bas.

— Il y a un grand type qui vient de votre côté, dit-il. Il pue les emmerdes.

Après une courte pause, le haut-parleur du talkie-walkie crachota.

— Je le vois. Pas de problème.

Diaz coupa la communication. Les deux hommes qui surveillaient l'entrée du parking étaient armés de mini-Uzi à réducteur de son, et ils n'auraient aucun état d'âme à s'en servir. Et, avec le raffut que faisait la musique dans la rue, personne n'entendrait rien si jamais ils flanquaient une dérouillée au gringo.

Recouvrant son calme, le portier se dit qu'ils allaient lui régler son compte, si nécessaire, et il essaya de penser à autre chose.

A gauche de Mack Bolan, le trafic incessant faisait planer un nuage de poussière qui enveloppait la rue au bord de laquelle il se trouvait. Devant lui, un Mexicain plutôt maigrelet, vêtu d'une chemise de soie noire, se montra à l'angle du bâtiment qui abritait le Zorro Azul. L'homme tenait quelque chose près de son oreille, un téléphone cellulaire ou un talkie-walkie. Les yeux fixés sur Bolan, il parla quelques secondes, avant de disparaître.

L'Exécuteur glissa les mains dans son pardessus. Dans sa poche droite, ses doigts trouvèrent un morceau de papier ; dans la gauche, ils se fermèrent sur la crosse de caoutchouc noir d'un pistolet Walther.

Une balle était engagée dans la culasse, et le petit automatique était prêt à l'emploi.

Quand il atteignit l'endroit où le trottoir était coupé par une allée, Bolan s'arrêta et regarda sur sa droite. A moins de quinze mètres, une guérite de béton, creusée d'une unique fenêtre, s'élevait à côté d'une imposante porte en acier, celle du sous-sol et du parking. Les deux hommes qui se tenaient dans la guérite contrôlaient la porte et l'accès. Et, en cet instant, ils regardaient Bolan avec intensité, les mains au-dessous du niveau de la fenêtre, hors de vue.

Bolan sortit le morceau de papier de sa poche, y jeta un coup d'œil, puis tourna le dos au kiosque. De l'autre côté de la rue, la lueur jaune orangée des réverbères se reflétait doucement sur les vitrines poussiéreuses des magasins. Pendant une seconde, le Guerrier fit mine de chercher un numéro, puis se retourna, son papier à la main, et se dirigea tranquillement vers la guérite.

Les gardes réagirent aussitôt et gagnèrent l'embrasure de leur cabanon. Ils ne sortirent pas complètement, leurs mains restant hors de vue. La fenêtre de la guérite était certainement à l'épreuve des balles, et le reste de la petite construction était sans doute en béton renforcé.

Sous son ample chemise de soie, le type très mince dissimulait assez bien un gilet pare-balles. Ce qui n'était pas le cas de l'autre : sa chemise le collait comme une seconde peau et, sous le tissu jaune, on devinait parfaitement les contours du gilet.

Le tailleur de Bolan avait fait un bien meilleur travail. Les épaulettes de son pardessus permettaient au tissu de tomber en douceur, sans laisser la moindre indication de ce qui se trouvait dessous.

— Excusez-moi, dit-il en levant le morceau de papier, alors qu'il parvenait à quelques mètres de la guérite. Je cherche cette adresse. Vous pourriez m'aider ?

La cacophonie et le rythme chaotique de quatre sources de musiques différentes rendirent ses propos parfaitement inaudibles, mais les gardes purent voir ses lèvres bouger.

Celui à la chemise noire lui cria quelque chose et lui fit un signe de la main. Le message était clair : Dégage !

— Désolé, je ne vous entends pas, dit Bolan en continuant de s'approcher.

Le garde, lui, continua d'agiter la main avec colère, et il lui cria, en espagnol, puis en anglais :

— Casse-toi de là !

Son collègue et lui s'aventurèrent enfin hors de la guérite, assez pour exhiber leurs mini-Uzi. Les deux canons étaient pointés droit sur le torse de Bolan.

Le Guerrier agita encore son morceau de papier, lequel lui échappa et descendit lentement vers le sol.

Le truc était basique, mais marchait à tous les coups. Les deux gardes baissèrent les yeux sur la feuille qui tombait.

L'Exécuteur se pencha, faisant mine de vouloir la rattraper, et, s'accroupissant dans le mouvement, il brandit le Walther et fit feu. Le claquement discret de la détonation fut englouti par le vacarme des basses et des percussions. Le garde prit une balle Silvertip sous le menton. Le projectile expansif traversa la gorge, la langue et le palais pour aller stopper sa course dans le cerveau. Alors que le type commençait de s'effondrer, Bolan pivotait déjà.

L'autre flingueur avait compris ce qui se passait, mais, avant qu'il ait pu mettre son mini-Uzi en ligne, il y eut un autre claquement, à peine audible, et le canon du Walther vomit son ogive brûlante.

Le tueur reçut sa punition juste sous le nez. Sa tête fut violemment projetée vers l'arrière alors que ses dents de devant explosaient. La balle vira brusquement sur le côté, sortant à l'angle de sa mâchoire dans un nuage de sang. Les yeux écarquillés d'effroi et de douleur, le malheureux laissa tomber son arme pour porter la main à son visage ravagé. Il essaya de crier, s'étouffa avec le sang qui emplissait sa bouche et coulait entre ses gencives édentées.

La mort survint une fraction de seconde plus tard, quand Bolan abrégea ses souffrances d'une balle dans l'œil droit.

L'Exécuteur enjamba les cadavres, se pencha dans la guérite et tourna la clé qui commandait la porte du garage. Tandis qu'elle s'ouvrait, il prit le plus gros des flingueurs par les pieds et tira le corps dans le parking, l'abandonnant dans un coin sombre, à côté d'une grosse poubelle. Il fit de même avec son copain. Mais il laissa la porte ouverte : il n'avait pas l'intention de s'éterniser dans les parages.

Le Guerrier longea rapidement les luxueuses voitures stationnées dans le parking : Jaguar, Rolls, Mercedes. Toutes dans un état parfait, luisantes de chromes. Comme prévu, il n'y avait aucun signe de chauffeur ni de garde du corps. Les membres du personnel du cartel avaient dans les étages une salle qui leur était réservée. Au moment de partir, ils prenaient l'ascenseur avec leurs employeurs et les accompagnaient jusqu'à leur véhicule.

Jamais le F.B.I. ou la D.E.A. n'auraient tenté un raid sur le terrain de jeu des frères Murillo. Une telle action violait un trop grand nombre de lois et de traités internationaux. C'était un travail pour quelqu'un que rien ne pouvait rattacher aux canaux officiels.

Un travail pour l'Exécuteur.

Dans les prochaines minutes, les choses allaient prendre une sale tournure. Il y avait beaucoup de gens et beaucoup de flingues dans les étages. Des gens qui, pour certains, pouvaient se croire hors de portée de la justice. Mais maintenant que les choses étaient en route, il n'y avait de garantie pour personne.

Bolan déboutonna son pardessus. Dessous, il portait un pull à col roulé et un pantalon noirs, un gilet pare-balles en kevlar et un harnais de combat en Nylon. Il fit passer la bandoulière de son pistolet-mitrailleur MAC-10 équipé d'un réducteur de son au-dessus de sa tête. Adossés tête-bêche, deux chargeurs de trente cartouches étaient fixés avec du ruban adhésif. Sous son bras gauche, dans un holster d'épaule, le Beretta 93-R attendait son heure, tandis que des grenades étaient suspendues aux anneaux de la sangle de son harnais, au niveau de son torse.

Alors qu'il marchait vers l'ascenseur, il laissa tomber les chargeurs du MAC-10 dans sa paume et inspecta d'un coup d'œil les Black Talons 9 mm. Après avoir remis le chargeur en place, il tira la manette de chargement et positionna le sélecteur de tir en mode automatique.

La partie était engagée.

CHAPITRE II

Yovana Ortiz examina son reflet dans le miroir des toilettes pour dames. Sous les longs cils et le mascara appliqué avec soin, ses yeux verts étaient remplis d'angoisse. Agrippant le bord du comptoir de marbre, elle s'obligea à respirer lentement, avec calme.

Avant chaque représentation, l'acteur éprouve toujours le trac — crainte d'avoir un blanc, d'oublier une réplique. Celle qui avait été la vedette d'un des plus célèbres soap operas mexicains savait que, cette fois, elle n'avait pas le droit à l'erreur, qu'elle ne devait pas oublier le moindre mot du rôle qu'elle avait préparé. Car il n'y aurait pas la possibilité de faire de nouvelle prise : elle risquait sa vie, et pour de bon.

Une gamine d'un peu moins de vingt ans, vêtue d'une robe rouge aussi courte que moulante et chaussée de semelles compensées, sortit d'une des cabines et vint s'arrêter en face du grand miroir, juste à côté de Yovana.

Alors que le dernier étage du Zorro Azul était bondé, envahi par une population dont la principale occupation consistait à boire, il n'y avait personne dans ces toilettes, aussi luxueuses que sophistiquées, réservées aux VIPs. Sans la musique latino qui faisait vibrer les murs, on aurait pu se croire dans le salon de repos d'un prestigieux palace européen. A la porte, une femme en uniforme surveillait les allées et venues, mais Yovana Ortiz n'avait pas de soucis à se faire. Dans le monde qui était le sien, celui des trafiquants de drogue, un univers peuplé de gardes du corps, de femmes incroyablement belles et de riches parasites, elle était une reine.

La fille à côté d'elle avait de longs cheveux noirs qui lui descendaient jusqu'à la taille. Elle portait un minuscule sac en lamé or, retenu par une chaînette au niveau de sa taille. Elle essuya les résidus de cocaïne autour de ses narines, et se lécha le bout des doigts.

— Tu peux en prendre, dit-elle en posant une minuscule fiole sur le comptoir, juste à côté de Yovana.

Celle-ci baissa les yeux et vit que le tube était à moitié plein de cocaïne. Au Zorro Azul, les drogues se consommaient librement, et cela en dépit d'une présence constante de la police. Mais les flics qui venaient boire à l'œil étaient achetés par le cartel, comme tout le monde. Y compris Yovana. Depuis qu'elle avait quinze ans, elle s'était toujours vendue à quelqu'un. Au plus offrant, bien sûr. Pour une belle femme, l'argent représentait le pouvoir ; et le pouvoir, la sécurité. Contre les prédateurs.

Bien sûr, il y avait un revers à la médaille. Quand une femme perdait les faveurs de son protecteur — ou lorsqu'elle le trahissait —, c'était un peu comme si le ciel lui tombait sur la tête. Or, cela faisait des mois que Yovana avait vu les signes avant-coureurs du désastre. L'expérience lui avait appris que le seul moyen de survivre à la colère d'un chien enragé, c'était de se montrer plus redoutable que lui. Et elle avait agi en conséquence, au risque d'y laisser sa peau.

— Vas-y, sers-toi, insista la fille en poussant un peu plus la fiole vers elle.

Yovana était obligée de reconnaître qu'un rail de coke lui aurait fait le plus grand bien, qu'il lui aurait donné la confiance et l'assurance qui lui manquaient. Mais elle avait lâché la drogue juste avant de tomber enceinte de son fils aîné, Juanito. Il avait aujourd'hui huit ans, et jamais plus elle ne s'aventurerait sur ce dangereux chemin. Jamais.

— Non, merci, dit-elle sèchement.

L'autre haussa les épaules et laissa tomber la fiole dans son petit sac. Elle avait un visage d'enfant, une peau parfaite et un sourire charmant, un petit corps bien fait, des jambes longues et fines. Autant d'éléments importants sur le marché. Sauf que de nouveaux produits arrivaient chaque jour. Des produits, vraiment. Et quand la nouvelle camelote débarquait, l'ancienne était envoyée ailleurs, recyclée, passant entre les mains d'utilisateurs de moins en moins reluisants. En résumé, et à moins d'un miracle, c'était une lente descente aux enfers qui attendait cette gamine.

Yovana pensa à la mettre en garde, mais elle savait que ça ne servirait à rien. Pour l'instant, cette femme-enfant avait le monde à ses pieds. Pourquoi écouterait-elle ce qu'elle considérait comme une vieille femme lui parler de raison, d'expérience ? Dix ans plus tôt, Yovana elle-même ne l'aurait pas fait.

La fille quitta la pièce sans un mot. Yovana tira sur sa propre robe noire pour effacer les plis. Elle savait qu'en retardant le moment de son retour, elle ne réussissait qu'à augmenter sa nervosité, et accroître du même coup les risques. Tout en se pinçant les joues, pour leur redonner un peu de couleur, elle s'adressa à son reflet :

— Tu fais ça pour Juanito et Pedro. Pour tes enfants. Ne l'oublie pas.

Ses deux gardes du corps l'attendaient quand elle rejoignit la cohue de la boîte. Grands et musclés, vêtus de costumes gris de soie. Même s'ils se montraient toujours pleins de déférence, il était impossible d'avoir le moindre doute sur la personne à qui ils appartenaient. Comme elle, ils étaient la propriété personnelle de Jorge Luis Samosa. Don Jorge, le Seigneur des Mers.

La foule s'écarta sur le passage de Yovana et de son escorte tandis qu'ils longeaient le bar et la piste de danse. Quelques personnes hochèrent la tête vers elle. D'autres la détaillèrent des yeux avec jalousie, envie, désir. Les gardes l'entraînèrent à travers l'atmosphère chargée de la fumée bleutée des cigares jusqu'au dais qui s'élevait le long du mur du fond, au-dessus d'un grand box aux banquettes profondes, occupé par une douzaine de personnes. C'était la table privée des frères Murillo, l'endroit le plus convoité du Zorro Azul.

Pour que Yovana puisse se glisser à sa place habituelle, en tête de table, deux couples, jeunes, beaux, riches et élégants, durent se lever pour la laisser passer. Pendant la manœuvre, la jeune femme sentit que quelque chose avait changé. Durant sa brève absence, l'atmosphère de fête s'était dissipée.

Le seul qui souriait, et qui croisa son regard sans baisser aussitôt les yeux, était Roberto « El Azote » Murillo. Le Fouet, la Cravache. Il était assis au bout de la table, le dos contre le mur. Son frère Ramon, surnommé « Tres Clavos » — Trois Clous — avait quitté le box et demeurait invisible. Trapu et rond de visage, Roberto avait des cheveux noirs qui tombaient en boucles graisseuses sur ses épaules. Des deux frères, il était le plus vivant, mais aussi le plus imprévisible. Ramon, lui, arborait toujours une expression hargneuse ou ennuyée. Le visage long et émacié, la peau sombre, il avait plus de sang indien que son frère. S'ils avaient eu la même mère, une prostituée qui avait travaillé dans la rue, au plus bas niveau de l'échelle, il ne faisait de doute pour personne qu'ils étaient de pères différents.

Roberto et Ramon Murillo étaient des monstres. Des monstres qui s'étaient faits eux-mêmes. Très jeunes, pour survivre, ils avaient vendu de la drogue dans les quartiers les plus misérables de Tijuana. Et puis, peu à peu, ils s'étaient imposés, le flingue à la main, cadavre après cadavre, et avaient pu laisser les autres se charger de la vente à leur place. Quand l'aîné eut vingt ans, ils contrôlaient non seulement tout le trafic de drogue à Tijuana, mais aussi les principales voies de transport terrestre et fluvial, de la pointe de la Basse Californie jusqu'à la frontière avec les Etats-Unis. Ils consolidaient leur territoire à coups d'argent et de flingues, des millions de dollars de pots-de-vin et une petite armée de tueurs.

Quand les Murillo voulaient quelque chose, ils l'obtenaient. Lorsque quelqu'un les contrariait, ils le faisaient disparaître. Des qualités que Jorge Luis Samosa appréciait à leur juste valeur. Si Yovana Ortiz était une reine dans l'empire international de la drogue que dominait Samosa, les deux Murillo en étaient les princes héritiers.

L'expression amusée de Roberto alerta la jeune femme qui reprit pourtant sa place dans le box comme si de rien n'était. Elle n'avait pas le choix.

Avec un roulement de tambour, le groupe qui se produisait à cet étage se lança dans une nouvelle chanson. Son auditoire la reconnut aussitôt. Des cris et des sifflets fusèrent, et le public commença de se balancer en suivant le rythme lent de la musique. Quand le chanteur entama le premier couplet, pratiquement tous les gens présents chantaient les paroles avec lui.

Roberto écouta pendant un instant, avant de se lever brusquement.

— Tout le monde debout ! ordonna-t-il.

Ses invités obéirent aussitôt et se joignirent au chœur de *Crimes of Love.*

La chanson racontait l'histoire d'un tout jeune trafiquant en train de faire des promesses à sa mère mourante, dans le bidonville où ils habitaient. On racontait que cette histoire était largement, et très librement, inspirée par la jeunesse des Murillo. Bien sûr, Roberto et Ramon n'avaient pas connu la faim ni le froid depuis au moins quinze ans et leur propre mère les avait abandonnés alors qu'ils étaient encore enfants. Elle avait été assassinée une dizaine d'années plus tôt, dans une allée, la gorge tranchée d'une oreille à l'autre par un poivrot armé d'une bouteille de bière. *Crimes of Love*, une chanson écrite sur commande, produite et promue par les Murillo, célébrait un passé qui n'avait jamais existé.

Yovana faisait mine de chanter avec les autres. Les paroles étaient tellement sirupeuses, emplies d'une telle perversité sous-jacente, qu'elle en avait la nausée. La chanson flattait la vision romantique toute mexicaine du banditisme, ce besoin de ses compatriotes d'avoir des héros à admirer. Les trafiquants devenaient ainsi des espèces de Robin des Bois luttant contre un puissant oppresseur, le gouvernement américain, et se battant pour libérer ceux qu'ils aimaient de la maladie et de la misère.

Même au sein du mensonge le plus énorme, il y avait toujours une minuscule parcelle de vérité : ainsi, les gardes du corps et les soldats du cartel ramenaient à leur famille près de trois mille dollars par semaine.

Yovana était sur le point de renoncer à la même somme, mais quotidienne en ce qui la concernait. Le marché qu'elle avait conclu avec la task force du F.B.I. et de la D.E.A. lui garantirait une immunité totale vis-à-vis de la justice et une nouvelle identité — en aucun cas, il lui assurait la poursuite de son train de vie actuel. Mais elle s'en moquait.

Le final de la chanson fut salué par une ovation. Quand Roberto s'assit, tout le monde en fit autant.

— Alors, Yovana, comment s'est passée ta journée de shopping à San Diego ? demanda-t-il alors qu'elle buvait une gorgée d'eau.

La gorge de la jeune femme se contracta, mais elle parvint à ne pas s'étrangler. Elle posa avec soin le verre devant elle, puis s'essuya le coin de la bouche avec sa serviette.

— Bien, mais onéreuse. Très onéreuse, répondit-elle en riant.

— Et tes nouveaux copains gringos ?

Roberto la regardait sans laisser paraître la moindre émotion, tirant tranquillement sur son gros Havane. Que savait-il exactement ? se demanda-t-elle. Son visage était vide de toute expression. Autour de la table, la tension était à présent palpable et Yovana sentit distinctement que ceux qui étaient encore ses amis la veille au soir prenaient leurs distances avec elle.

— Je ne vois pas de quoi tu parles.

— Tu t'imagines que nous n'avons pas découvert ce que tu trafiques ? lui demanda Roberto, calmement.

— Découvert quoi ?

— Trois cargaisons ont été saisies au cours de la dernière semaine. Tu ne pensais quand même pas qu'on allait laisser passer ça sans chercher une explication ?

— Je suppose que non, mais je ne vois toujours pas de quoi tu veux parler.

Un sourire aux lèvres, Roberto secoua la tête.

— L'argent fait tourner le monde. Ça aurait bien été le diable si on n'avait pas trouvé quelqu'un, au F.B.I. ou à la D.E.A., pour nous refiler le nom de la taupe qui torpille nos affaires, ces derniers temps. Et c'est ton nom qui est sorti moyennant un joli paquet de dollars...

— Qu'est-ce que tu racontes, répliqua Yovana, c'est stupide ! Pourquoi j'aurais fait ça ?

Elle s'était fait pigeonner lorsqu'elle avait accepté de se plier aux exigences des fédéraux. Ils lui avaient demandé un geste, comme preuve de sa bonne foi. Ils voulaient qu'elle apporte quelque chose de concret sur la table, avant de passer aux négociations concernant ce qu'elle avait à leur vendre. L'idée de leur livrer des cargaisons de cocaïne ne lui plaisait pas, à cause du danger évident que cela représentait, mais ces salauds, avec leur arrogance habituelle, avaient insisté.

Roberto écarta d'un geste ses protestations.

— Mon frère et moi avons supporté beaucoup de choses par respect pour Don Jorge. C'est terminé, maintenant. Tu es allée trop loin.

Yovana jeta un coup d'œil vers ses gardes du corps, mais aucun d'eux ne croisa son regard. Les poings serrés sous la table, elle insista.

— Ecoute ! je ne comprends pas à quoi tu joues. Je veux parler au Don...

— Il ne veut plus te parler, lui. Il est déjà au courant de tout. Nous lui avons envoyé par Internet des images prises par une caméra digitale lors de ta séance de shopping chez Nordstroms. Et nous avons positivement identifié la femme qui se trouvait dans la cabine d'essayage voisine de la tienne : un agent du F.B.I. sous couverture, qui travaille pour la task force de San Diego. Don Jorge nous a envoyé par e-mail ton ordre d'exécution. Et il nous a donné des instructions précises sur la façon dont il voulait que ce soit fait.

Roberto porta la main à sa poche.

— Tu veux que je te les lise ? Ou bien tu préfères avoir la surprise ?

Dos au mur, Yovana décida de jouer son ultime joker.

— D'accord ! Jouons carte sur table. Si je ne suis pas de retour aux Etats-Unis dans les soixante-douze heures avec mes enfants, des copies de certains documents qui se trouvent déjà de l'autre côté de la frontière seront envoyés au F.B.I.

— Tu nous sous-estimes.

Sur le visage de Roberto, elle put voir qu'il était non seulement au-dessus de la loi, des deux côtés de la frontière, mais qu'il était convaincu d'être celui qui écrivait les lois à sa convenance.

— Débarrassez-moi de cette pute, ordonna-t-il soudain.

Les anciens gardes du corps de Yovana quittèrent docilement le box, permettant aux hommes de main des Murillo d'aller encadrer la jeune femme et de la faire sortir de l'alcôve. Elle s'agita brièvement pour tenter de leur échapper, mais elle savait bien que c'était inutile.

— Vous deux ! lança Roberto aux hommes qui étaient depuis longtemps les gardes du corps de Yovana et observaient la scène avec embarras, Don Jorge veut que vous vous assuriez que le travail est exécuté correctement et que vous lui fassiez votre rapport.

Les deux hommes échangèrent un coup d'œil. On leur demandait de prouver leur loyauté. S'ils refusaient, ils savaient qu'ils mourraient eux aussi, et dans des conditions horribles. Ils s'avancèrent et saisirent avec fermeté les coudes de Yovana.

Entourée par six hommes prêts à tout, la jeune femme fut emmenée à travers le club, puis dans l'ascenseur privé qui permettait d'accéder au parking souterrain. Dans la cabine, personne ne parla. Entourée de tueurs, Yovana pouvait à peine respirer, un poids terrible lui comprimait la poitrine. S'échapper était exclu, négocier inutile. Elle n'avait rien à offrir. Pas même son corps. Elle avait une vague idée du traitement que lui avait réservé Samosa. Les six hommes devaient avoir pour ordre de l'humilier, de s'amuser avec elle, puis de la tuer.

Mais Yovana ne pouvait s'en prendre qu'à elle-même. Elle avait joué, fait le mauvais choix, de façon répétée. Elle s'était alliée au diable et en avait profité. A présent, elle méritait la punition qui s'abattait sur elle et pouvait le comprendre. Mais ses enfants étaient innocents. Et, innocents ou pas, eux aussi allaient payer.

Les portes de l'ascenseur s'ouvrirent. Ses gardes du corps la firent sortir, l'entraînant vers la grande allée centrale, au milieu des rangées de luxueuses voitures.

Ils avaient parcouru une trentaine de mètres quand quelque chose de métallique rebondit sur le sol, et roula presque aux pieds des trois hommes qui précédaient Yovana — un objet sombre de la taille et de la forme d'une balle de base-ball. Les mains plongèrent dans les vestes, vers les armes rangées dans les holsters, alors que l'objet s'arrêtait à un peu moins de quatre mètres.

— Merde ! coassa un des hommes.

Ce n'était pas une balle de base-ball.

D'instinct, la jeune femme s'était détournée et avait fermé les yeux, mais, une fraction de seconde plus tard, elle ne voyait plus que du blanc. Un blanc qui submergea tout, déferla dans son crâne alors que l'onde de choc d'une formidable explosion la heurtait de plein fouet. Elle vacilla sur ses talons hauts, puis s'écroula vers l'arrière, plongeant en même temps dans les ténèbres. Mais elle recouvra un minimum de conscience quand son coccyx s'écrasa sur le sol de béton. Les oreilles vibrant à cause du coup de tonnerre qui avait claqué près d'elle, elle lutta pour ouvrir les yeux sans y parvenir. Et lorsqu'elle réussit à porter la main à son visage paralysé, elle se rendit compte avec horreur que ses yeux étaient déjà ouverts.

Au-dessus d'elle, autour d'elle, le jacassement hideux des armes automatiques se fit entendre quand les hommes des Murillo commencèrent d'arroser au hasard l'intérieur du garage. Yovana était sur la trajectoire et se couvrit le visage des mains. La seconde d'après, quelque chose se répandit sur ses jambes, depuis les cuisses jusqu'aux chevilles. Quelque chose de chaud et d'humide. Elle sentit qu'un corps s'effondrait lourdement sur le sol, juste à côté d'elle. La jeune femme savait que, pour survivre, elle allait devoir ramper, pour s'éloigner, mais, aveuglée, sourde et désorientée comme elle l'était, il lui était impossible de dire d'où venait le feu ennemi. D'autres corps tombèrent. Elle secoua la tête pour tenter d'éclaircir ses idées, se concentrant sur sa vue, essayant de faire le point.

Un de ses gardes du corps vint s'accroupir devant elle, juste sur sa gauche. Elle le sentit aussitôt tressaillir, vit cinq cratères sanglants bien en ligne sortir de son dos, au-dessous des omoplates. Des fragments d'organes, de muscles et d'os jaillirent, éclaboussant le visage de Yovana. L'homme s'assit lourdement, penché sur lui-même, les mains fermées sur ce qui devait rester de son torse déchiqueté. Ses petits cris perçants moururent dans un halètement étranglé.

Et puis la fusillade cessa. Peu à peu, l'écho des détonations s'atténua. Regardant de tout côté, Yovana s'aperçut que tout le monde était au sol. Les hommes étaient répandus par terre, figés dans des postures de mort. L'air empestait le sang.

Un massacre.

C'est alors qu'elle se rendit compte qu'elle avait recouvré la vue. Un homme, grand, brun, vêtu de noir, sortit de la protection d'une rangée de voitures. Il était seul. Un homme seul qui avait détruit une petite armée aguerrie en l'espace de quelques battements de cœur.

Qui pouvait faire une chose pareille ? se demanda Yovana. La réponse était évidente : un assassin à la solde d'un rival de Samosa.

Son long et ample pardessus noir claqua contre ses jambes alors qu'il se dirigeait vers elle, son pistolet-mitrailleur en main. Entre les pans de son manteau, Yovana vit les sangles d'un harnais de combat, et, dessous, un gilet pare-balles.

Au moins, sa mort serait propre et rapide, songea-t-elle. Alors qu'il se penchait sur elle, elle dit une dernière prière pour la sécurité de ses enfants.

— Levez-vous, ordonna l'inconnu en anglais.

Il avait des yeux bleus, pâles comme un reflet de banquise.

— Allons, insista-t-il en faisant passer son arme dans sa main gauche pour lui offrir son bras. Nous n'avons pas beaucoup de temps.

CHAPITRE III

Les yeux exorbités, la jeune femme recula devant la main tendue du Guerrier. Environnée de cadavres, elle avait toutes les raisons de s'attendre au pire.

— Je ne vous ferai pas de mal, lui assura l'Exécuteur.

Elle leva son regard vers lui, désespérée, et espérant pourtant, contre toute logique, qu'il disait vrai.

Mince et délicate, Yovana Ortiz s'était vue dotée par la nature d'une beauté exotique stupéfiante. Alors qu'elle repoussait la panique qui l'habitait, elle parut aussi fragile et vulnérable qu'une fillette.

— Vous êtes blessée ? interrogea Mack Bolan. Vous avez du sang sur les jambes.

Yovana baissa les yeux.

— Ce n'est pas le mien.

Elle regarda les corps immobiles, tordus dans des poses de douleur, d'agonie, et fut secouée d'un violent frémissement.

— Ils allaient m'exécuter, dit-elle. Si vous ne les aviez pas tués, ils m'auraient assassinée... Qui êtes-vous ?

— Un ami.

Au même moment, des crissements de pneus et le rugissement d'un puissant moteur se firent entendre tandis qu'une voiture s'engouffrait dans le parking souterrain.

Le bruit fit tressaillir la jeune femme, qui se recroquevilla sur elle-même.

— Il faut vous lever, insista Bolan, alors que le coupé noir étincelant fonçait droit sur eux. Allons-y.

Il lui prit la main et l'aida à se lever.

— Qui êtes-vous ? répéta-t-elle.

— Je suis là pour vous aider.

Le coupé Lexus s'arrêta juste à côté d'eux dans un léger dérapage. Lorsque Bolan ouvrit la portière, la veilleuse intérieure s'alluma sur un intérieur de cuir blanc.

Mince et bronzé, les cheveux coupés très court, l'homme qui se trouvait au volant ne jeta pas un seul regard vers le Guerrier ou la jeune femme. Jack Grimaldi se concentrait sur le champ de bataille, à travers le pare-brise, fixant en particulier les portes de l'ascenseur. Tant qu'elles restaient fermées, tout allait pour le mieux.

L'Exécuteur bascula le siège du passager vers l'avant et poussa rapidement la jeune femme sur la banquette arrière.

— Attachez votre ceinture, lui ordonna-t-il. Dépêchez-vous !

— Le compteur tourne ! lança Grimaldi par-dessus son épaule. On y va.

Dès que Bolan se fut installé à côté de lui, l'ancien pilote de combat joua avec l'embrayage et l'accélérateur. Dans un nuage de gomme, la Lexus fit demi-tour sur place, laissant ses passagers collés au dossier de leur siège. Le Guerrier réussit à boucler sa propre ceinture juste avant que Grimaldi passe la seconde.

Le moteur poussa un hurlement de bête fauve. Bolan tourna les yeux vers le tableau de bord. Il ne pouvait voir que le cadran le plus proche de lui, le compte-tours. Son aiguille n'était pas simplement dans le rouge, elle semblait collée au côté opposé au zéro.

Sortir du parking sans être arrêté restait la première priorité. Ce qui voulait dire, aller le plus vite possible. Quand ils franchirent en trombe l'entrée et rebondirent sur la rampe d'accès, ils devaient rouler à plus de cent vingt kilomètres à l'heure.

Le masque hilare, Grimaldi jouait des mains et des pieds avec une coordination parfaite. Presque simultanément, il débraya, pressa légèrement la pédale de frein et, tenant le volant d'une main, il agrippa la poignée du frein à main et le tira vers lui. Aussitôt, la voiture pesa de tout son poids sur les suspensions, et ses passagers furent violemment repoussés contre leurs dossiers alors que le véhicule survolait la rampe. Les freins bloqués, la Lexus partit dans un dérapage sur le côté dès qu'elle atterrit.

Mais Grimaldi gardait le contrôle. Il débloqua le frein à main, embraya et accéléra à fond. Toujours en seconde, le véhicule déboucha brusquement dans la rue, dans un hurlement de pneus.

Troisième. Avec une embardée qui donna presque un haut-le-cœur à ses passagers, la Lexus bondit. Sur les côtés, les bâtiments bordant la rue étaient de plus en plus flous alors que Grimaldi mettait un, puis, deux, trois, quatre blocks entre le véhicule et le Zorro Azul.

*
* *

Mack Bolan avait uneconfiance absolue en l'ami Jack, que ce soit pour conduire une voiture, un hélicoptère ou un avion, ou pour lui apporter un soutien logistique dans un affrontement armé. L'amitié des deux hommes avait commencé des milliers de combats plus tôt, quand Bolan avait déclaré la guerre à la mafia.

La forme de la Pieuvre avait changé, avec le temps. Mais, derrière le masque, c'était toujours la même bête sauvage, alimentée par les mêmes désirs. Un animal qu'on ne pourrait jamais domestiquer ni éradiquer, seulement garder sous contrôle grâce au pouvoir des armes.

Si sa mission paraissait assez simple sur le papier, bien circonscrite dans le temps et l'espace, Bolan savait qu'une fois sur le terrain, les événements avaient tendance à évoluer, parfois à la vitesse de la lumière, à bifurquer dans des directions imprévisibles. A la demande de Hal Brognola, le numéro Un du *Justice Department* et vieux complice de l'Exécuteur, celui-ci avait pour mission de faire passer la frontière à une Mexicaine. Pas n'importe quelle Mexicaine, mais celle qui se trouvait sur la banquette arrière et qui détenait la clé permettant de sectionner un des tentacules de l'immense empire de Don Jorge Samosa, une organisation qui pratiquait le trafic de drogue à grande échelle avec la complicité de fonctionnaires gouvernementaux et de militaires de haut rang. Yovana connaissait non seulement les noms, mais elle affirmait avoir les preuves sur support vidéo.

Hal Brognola estimait que ses preuves avaient une telle valeur, un tel potentiel, qu'on ne pouvait faire confiance à aucun fonctionnaire, qu'il soit américain ou mexicain, pour assurer la protection de la jeune femme. Les largesses de Don Jorge Samosa avaient déjà sérieusement compromis la crédibilité des agences de lutte contre la drogue des deux pays. Quand la nouvelle filtrerait que Yovana Ortiz s'était retournée contre celui qui était depuis longtemps son protecteur, sa tête serait mise à prix.

Des dizaines de millions de dollars, payables cash.

Grimaldi effectua plusieurs changements de direction. Et, quand il fut absolument sûr qu'ils n'étaient pas suivis, il commença à rouler vers leur véritable destination.

Bolan se tourna vers leur passagère. Elle avait un souffle très léger, les yeux à moitié clos. Peut-être la vitesse ou les nombreux virages l'avaient-ils rendue malade. Ou bien était-ce le choc, à retardement, de ce qu'elle venait de vivre. Quoi que ce soit, elle le surprit en sortant brusquement de cet état léthargique. Elle était bien plus résistante qu'elle n'en donnait l'impression. Ou elle faisait mine de l'être. Après tout, Yovana Ortiz était une actrice.

— Qui vous envoie ? demanda-t-elle. Que voulez-vous ? Où m'emmenez-vous ?

— Pour des raisons évidentes, vous ne pouvez pas être correctement protégée ici. Il faut vous faire passer la frontière.

— Et mes enfants ? Je ne quitterai pas le Mexique sans eux !

— La maison où ils se trouvent est sous discrète surveillance fédérale, vingt-quatre heures sur vingt-quatre. Bien entendu, les gardes du corps de vos enfants l'ignorent.

— Je veux mes enfants, ou il n'y aura pas de négociations possibles.

Grimaldi jeta un coup d'œil à Bolan. Hal Brognola avait prévu cette complication et il avait fait le nécessaire.

Le Guerrier ouvrit la boîte à gants et prit un téléphone cellulaire. Il pressa la touche R et dit, après une pause :

— Nous avons la marchandise. H.P.A. douze minutes. Nous sommes sains et saufs. Je répète, sains et saufs.

Grimaldi roula à une allure modérée sur environ cinq cents mètres, puis il tourna pour s'engager à un carrefour sur un parking vide. Les réverbères éclairaient des touffes de mauvaises herbes, des tas de gravats et un break Ford en mauvais état. Le pilote arrêta la Lexus à côté du break.

— Notre chauffeur vous conduira jusqu'à un endroit sûr de ce côté-ci de la frontière, expliqua Bolan à la jeune femme. Vous attendrez là-bas, jusqu'à ce que je vous ramène vos enfants. Je vais les chercher moi-même. Après, nous traverserons la frontière tous ensemble.

— Les hommes qui gardent mes enfants appartiennent à Don Jorge Samosa, dit-elle. Ils sont prêts à mourir plutôt que de se rendre.

— Eh bien, ils mourront, conclut sobrement Bolan.

— Comment vous appelez-vous ?

— Les noms n'ont aucune importance.

— Vous travaillez pour le gouvernement américain ?

— Pourquoi est-ce que vous ne vous détendriez pas un peu ? suggéra Grimaldi en espagnol.

Alors que Bolan sortait de la Lexus, le pilote actionna le bouton d'ouverture du coffre. L'Exécuteur en sortit un grand sac et s'approcha du break.

Avec un léger vrombissement, la vitre arrière de la Lexus s'abaissa.

— Je vous en prie, ne faites pas de mal à mes enfants, dit la jeune femme, les larmes aux yeux. Et ne laissez pas les Murillo s'en emparer. Roberto et Ramon sont pires que des animaux. Ils sont capables de tout. Si jamais ils mettent la main sur mes enfants, je ne les reverrai plus jamais. Ils feront tout pour ça.

— Tout va bien se passer, assura Grimaldi.

Et il fit remonter lui-même la vitre de la jeune femme.

Bolan regarda le coupé s'engager dans la rue, puis il déposa le sac à l'arrière de la Granada.

Les quatre portières du break étaient d'une couleur différente, récupérées pour la plupart dans des casses. Même chose pour les roues. Il ne restait plus qu'un enjoliveur d'origine. A Tijuana, cela permettait de passer inaperçu.

L'Exécuteur s'installa sur la banquette avant, à moitié défoncée et couverte d'une couverture de laine. Le tableau de bord, en vinyle craquelé par le soleil, laissait échapper un peu partout de la mousse de garniture pareille à de la neige sale. Il n'y avait pas de clé sur le contact. Le Guerrier se pencha sous le siège, récupéra la pince à long bec qui s'y trouvait et l'enfonça dans le contact déjà fracturé. Quand il tourna la pince, le moteur partit aussitôt, avant de faire entendre un grondement puissant quand il accéléra.

Bolan alluma les phares et quitta le parking. La rue n'était pas éclairée et peuplée de petites bâtisses sans toit, pareilles à des cubes. Derrière les fenêtres protégées par des rideaux, on devinait de la lumière. Une odeur de feu de bois emplissait l'air.

Au bout d'un moment, il se retrouva sur une chaussée pavée. Devant lui, dans la lueur vaporeuse des lampes à mercure, il aperçut le mur de parpaing et le portail de l'unique lotissement, perché dans les hauteurs de la ville. Les murs et le portail constituaient une tentative des nantis de Tijuana pour garder à distance la misère du reste de la ville. Bolan sortit le 93-R de son holster, ôta la sécurité et laissa le pistolet sur ses genoux. Alors qu'il approchait de l'entrée, il s'aperçut que le portail électrique était ouvert. Il roula jusqu'au cabanon du garde et s'approcha. La porte était ouverte, là aussi. Il n'y avait personne à l'intérieur.

Autant pour la sécurité.

Il se remit en route et longea d'immenses villas, décorées de colonnes grecques et de rangées de statuées en albâtre grandeur nature, éclairées par des projecteurs.

Alors qu'il allait tourner dans l'impasse où se trouvait la maison qu'il cherchait, il ralentit en apercevant les deux véhicules de surveillance de la task force. Une berline bleue et une camionnette blanche utilitaire, stationnées de part et d'autre de l'entrée du cul-de-sac. La berline était la plus proche et lui faisait face. Il ne vit personne à l'intérieur.

Les projets de Bolan, qui voulait contourner les fédéraux et entrer dans la maison par l'arrière, tombèrent à l'eau. Il arrêta la Granada près du trottoir et, sans éteindre le moteur, il sauta de la voiture, le Beretta en main et plaqué contre sa cuisse. A mesure qu'il approchait de la berline, il entendit de la musique. La vitre était ouverte du côté passager. Le Beretta braqué devant lui, il regarda à l'intérieur.

Le conducteur était effondré sur le tableau de commandes qui séparait les deux sièges, couvrant en partie un autre corps. Une blessure était visible sur le côté de la tête de l'agent, dont les cheveux étaient collés par le sang. Les deux hommes de l'équipe de surveillance devaient écouter de la musique quand ils avaient été abattus.

Bolan traversa au pas de course l'intersection pour rejoindre l'arrière de la camionnette. Il était à une dizaine de mètres quand il distingua les petits impacts noirs dans les portières arrière. L'attaque s'était déroulée depuis l'arrière et sur la gauche. Avec des armes automatiques, équipées selon toute vraisemblance de réducteurs de son, on avait tiré sur toute la longueur du véhicule, du côté du conducteur. Les tireurs devaient courir en même temps qu'ils rafalaient. A l'intérieur, sur le plancher du véhicule, Bolan découvrit trois autres fédéraux. Les mains vides. Ils n'avaient même pas eu le temps d'utiliser leurs armes.

Jetant un regard derrière le pare-chocs avant de la camionnette, Bolan examina l'extrémité du cul-de-sac. Un petit jardin illuminé et protégé par une grille de fer forgé haute de trois mètres le séparait de l'entrée de la maison. Il n'y avait aucun mouvement, aucun signe de vie. Il s'engagea en courant dans l'impasse et, trouvant la grande grille ouverte, il la franchit. Des empreintes de pas, teintés de rouge, étaient visibles sur les marches du perron. Le rouge du sang était encore vif. Il ignorait ce qui s'était passé ici, mais il l'avait manqué de quelques minutes.

L'Exécuteur survola les marches qui menaient à la double porte d'entrée, légèrement entrouverte. Le bois peint en blanc avait été mitraillé à hauteur de torse par une volée serrée de balles de 9 mm. Alors qu'il poussait un des battants pour ouvrir, Bolan rencontra une résistance. Il essaya l'autre. Dans le hall, un hispanique de taille moyenne avec un holster d'épaule était étalé sur le ventre, le dos creusé d'un cratère sanglant causé par plusieurs balles.

Bolan enjamba le cadavre. La maison semblait gigantesque. Un long couloir, très haut de plafond, s'étendait devant lui. A une douzaine de mètres, sur la gauche du Guerrier, un autre homme était au sol, adossé au mur, un fusil à pompe dans les mains. Deux douilles de plastique se trouvaient à ses pieds. Bolan s'avança sur le sol de marbre, rouge de sang et glissant, son arme braquée sur le malheureux. Quand il fut assez proche, il put constater que la partie arrière de son crâne avait été arrachée. Une partie du contenu était restée accrochée à l'immense peinture abstraite qui se trouvait derrière lui.

Dans la maison, l'Exécuteur ne sentait rien d'autre que la mort, mais il devait s'en assurer. Jetant un coup d'œil dans la première pièce qui se présentait, un salon, immense, il découvrit encore un type couché sur le sol de marbre blanc, nageant dans son propre sang. Bolan grimaça. Ces gardes du corps étaient à la solde de Samosa, comme les Murillo. Pourquoi n'avaient-ils pas coopéré avec leurs collègues ? A voir la nature de l'assaut, frontal et total, on ne leur en avait pas donné l'occasion.

Il trouva la chambre des enfants tout à l'arrière du bâtiment, au bout du couloir. Mais ce qui attira aussitôt l'attention du Guerrier était fixé sur le mur du fond. Il se rapprocha.

Ce n'était pas un hasard si Ramon Murillo était surnommé *Trois Clous.*

Le quatrième garde du corps était retenu au mur par des clous d'une quinzaine de centimètres, plantés dans ses mains ouvertes et dans ses pieds nus réunis. Les grosses pointes traversaient les panneaux de gypse couvrant le mur et s'enfonçaient profondément. Cette crucifixion n'avait pas tué l'homme : une balle en pleine tête s'en était chargée. Le jet de sang, sur le mur blanc derrière lui, faisait comme un halo écarlate, une auréole. Son sang continuait de goutter sur la moquette.

Bolan fouilla la chambre, mais il ne trouva pas de corps d'enfants. Ni aucune preuve qu'on leur avait fait du mal, dans le reste de la maison. Ils n'étaient plus là. Et tout laissait à penser qu'ils avaient été enlevés.

Soudain, tout prit sens dans l'esprit du Guerrier — pourquoi le plus jeune des Murillo avait massacré tout le monde, pourquoi il avait laissé son horrible carte de visite. C'était sa façon de bien souligner un point : pour son frère et lui, une seule chose importait : Yovana Ortiz devait garder le silence. A côté de ça, même la vie de ses soldats n'avait aucune importance. Si jamais elle collaborait avec le gouvernement américain, ses enfants mourraient.

Ce qui avait commencé comme une mission de routine devenait une chasse à l'homme.

Au loin, il entendit des hurlements de sirènes qui se rapprochaient. Les autorités avaient été prévenues, il était temps de partir.

CHAPITRE IV

Hal Brognola pressa le bouton pause de la télécommande, immobilisant la bande vidéo. L'image granuleuse en noir et blanc qui se figea sur l'écran avait été prise à travers un œilleton qui déformait les bords de la photo. La partie centrale, la plus importante, n'était toutefois pas affectée. On y voyait cinq hommes et femmes en pleine conversation, installés dans une pièce luxueusement meublée. Sur le plateau de verre de la table basse qui séparait les canapés, des bouteilles d'alcool, des verres, un seau à glaçons et des cendriers étaient disposés, ainsi qu'un attaché-case ouvert. La date et l'heure, au dixième de seconde près, apparaissaient sur le coin gauche de l'écran.

Un des hommes tenait une épaisse liasse de papiers qu'il venait de sortir de la mallette.

Brognola zooma sur le haut de l'image et l'élargit. Malgré la qualité médiocre qui l'empêchait de distinguer la moindre lettre, il reconnut la nature du document à sa taille, son format et ses quelques ornements.

Un titre au porteur, mieux que du liquide, ne laissant aucune trace. Et négociable n'importe où.

Annulant l'effet de zoom, Brognola étudia les visages, légèrement flous. Il reconnut trois des hommes présents. Les frères Murillo, Roberto et Ramon, et le général Augusto Patan, du commandement central de l'armée mexicaine. La jolie femme qui souriait était Yovana Ortiz.

Cette même Yovana qui était assise en face de lui, nerveuse et impatiente, tandis qu'il visionnait ce qu'elle lui avait remis.

— Qui sont les hommes qui accompagnent le général Patan ? demanda-t-il.

— Le colonel Anibal Montego et le major Jesus Gomez-Herrera. Tous deux officiers supérieurs de la police judiciaire fédérale.

Brognola fit repartir la bande. Les images continuèrent de défiler, puis ce fut le noir. Il s'agissait juste d'un échantillon, d'une copie de démonstration. Une manière d'appâter le client.

— Pourquoi n'y a-t-il pas de son ? demanda-t-il encore.

— Vous n'en avez pas besoin. Ce qui figure sur cette cassette est suffisant pour prouver que j'ai quelque chose de précieux à offrir au gouvernement américain, des éléments de preuve qui confirmeront mon propre témoignage.

— On entend ces messieurs parler, sur l'original ?

— Bien sûr. Ne vous inquiétez pas, le son est de qualité professionnelle. On comprend chaque mot.

Brognola utilisa la télécommande pour éteindre l'écran de télé et le magnétoscope.

— Avec ce que j'ai vu, observa-t-il, difficile de dire quelle somme a été échangée ici.

— L'équivalent en liquide d'un million et demi de dollars américains.

— Nos amis évoquent clairement la somme ?

— Les officiers ont une longue discussion pour déterminer la manière dont ils vont la partager. Alors, nous faisons affaire ?

— Combien d'heures avez-vous à nous proposer, au total ?

— J'ai déjà abordé la question avec la task force et...

— Et maintenant, c'est moi votre interlocuteur. Alors, quelle quantité d'enregistrements ?

— Je dispose d'environ cent heures d'images non montées, dit Yovana Ortiz. Peut-être un peu plus. J'ai enregistré pendant sept mois tous les échanges d'argent qui se sont déroulés chez moi.

— Combien de personnes sont-elles impliquées ? Jusqu'à quel niveau du gouvernement monte-t-on ?

— Il y a plus d'une douzaine de militaires et d'officiers de haut rang, sans compter les hommes politiques. La plupart pris sur le fait au moins deux fois. C'est suffisant pour faire exactement ce que j'ai promis à vos représentants : mettre fin à la mainmise du cartel de Samosa sur le gouvernement mexicain. Alors, nous faisons affaire ? répéta Yovana Ortiz.

Hal Brognola se laissa aller contre le dossier de sa chaise et s'étira, laissant la question en suspens. Ce qu'elle offrait semblait presque trop beau pour être vrai. Mais alors que le fédéral privilégiait toujours la prudence, surtout dans une affaire de cette importance, cette fois, il était tenté de foncer tête baissée. Mais pas sans avoir laissé un peu mariner la jeune femme…

La salle dans laquelle ils se trouvaient était d'une austérité oppressante : des murs et un plafond de béton brut et une porte en acier. Ils étaient à plus de soixante mètres en dessous du niveau du sol, dans un bunker à l'épreuve des bombes et de toute attaque. L'immense abri enterré ainsi que la propriété bâtie au-dessus avaient été construits à Tijuana par un ancien président du Mexique, qui ne les avait d'ailleurs jamais occupés. Etant donné la valeur de ce qu'elle proposait et les dangers auxquels elle s'exposait, la jeune femme méritait bien de telles mesures de sécurité.

C'était avec l'assentiment du président américain, et sans que les autres agences fédérales se soient informées, que Brognola avait pris le contrôle de l'enquête Samosa-Murillo. Un contrôle total, et dans un secret absolu. Avec l'aide de Mack Bolan, il avait enlevé le témoin numéro un de l'affaire, sans que personne, parmi les agents de la task force de San Diego, ne sache ce qui était arrivé à Yovana Ortiz, ni où elle pouvait se trouver.

Pour des raisons de sécurité, il avait été décidé que l'équipe chargée de sa protection ne compterait aucun militaire ou agent fédéral en exercice. Il fallait aussi un personnel totalement incorruptible. C'est ainsi que les huit hommes gardant l'ancien bunker présidentiel étaient tous des agents du Black Warriors Ranch, sélectionnés par Brognola sur autorisation du Président lui-même. Ils feraient ce qui devait être fait et garderaient le silence. A tout jamais, s'il le fallait.

Alors même qu'elle le foudroyait du regard, Brognola reconnut que la jeune femme était d'une beauté à couper le souffle. Un ange noir. Le numéro Un du

Justice Department, qui s'était longuement renseigné à son sujet avant de la rencontrer, connaissait ses méthodes. Il s'y était préparé.

Yovana Ortiz était habituée à utiliser son apparence pour obtenir exactement ce qu'elle voulait. C'était une célébrité nationale, ancienne reine de beauté et vedette de la télévision. Elle avait évolué dans les plus hautes sphères du pouvoir mexicain, se mêlant aux personnalités les plus influentes. Elle s'était révélée une intermédiaire parfaite pour l'organisation de Samosa. Dans une atmosphère amicale et détendue, elle était capable de mettre en relation les hommes chargés de débarrasser son pays de la drogue et les seigneurs du trafic. La corruption faisait le reste.

Brognola se demanda ce qui avait pu la pousser à accepter de marcher dans les combines de Samosa. Après tout, elle menait déjà un train de vie très élevé. Pourquoi prendre ce terrible risque ? Etait-ce par amour pour lui qu'elle s'était compromise dans les affaires du cartel ? Pour l'excitation ? Parce qu'elle avait peur de lui ? Ou tout à la fois ?

Dans le cadre des préparatifs à cette rencontre, Brognola avait visionné certains de ses rôles télévisés. Il avait observé une certaine constante. Elle jouait toujours une garce égocentrique, manipulatrice, prête à poignarder les gens dans le dos. Et elle faisait une menteuse pathologique très crédible. Ce qui contrariait bien évidemment le fédéral. Apparemment, elle avait l'intention de s'en prendre à son ancien amant, mais jusqu'à un certain point seulement. Ainsi, elle était prête à faire tomber tous les collaborateurs mexicains de Samosa, mais refusait avec fermeté de donner de lui une description physique, alors que les rares photos du pourri remontaient à plus de dix ans.

Don Jorge était activement recherché depuis près de vingt ans, mais personne ne savait vraiment à quoi il ressemblait. Pas même une photographie récente ou un portrait-robot. De plus, nul ne savait où il se trouvait, même si on avait la certitude qu'il faisait fréquemment la navette, et en toute impunité, entre l'Amérique du Sud et l'Amérique centrale.

Le gouvernement américain avait déjà dépensé des millions de dollars à essayer de faire tomber ce manipulateur sans visage. Pour y arriver, il était prêt s'il le fallait à lâcher des centaines de millions.

Comme paiement pour sa contribution dans la guerre contre la drogue, Yovana Ortiz avait demandé un moyen de transport sûr, une nouvelle identité, un nouveau lieu de résidence et cent mille dollars d'argent de poche par an, à perpétuité. C'était de grosses dépenses en perspective pour l'agence de protection des témoins, mais quand on considérait ce qui avait été déjà investi dans la campagne contre le cartel de Samosa, sa proposition restait une excellente affaire.

— J'ai besoin de savoir quelque chose de plus, reprit le fédéral, afin de tester sa crédibilité. Pourquoi faites-vous cela ?

Elle répondit sans l'ombre d'une hésitation :

— Pour le bien de mes enfants.

Brognola étudia le visage de la jeune femme. Même si cela restait à confirmer, la rumeur circulait depuis longtemps dans les tabloïds latino-américains que le père de ses deux fils était un acteur célèbre avec qui elle avait tourné plusieurs téléfilms.

— Je connais trop bien la vie qui va avec la drogue, ajouta-t-elle. Je sais ce qu'elle peut faire aux gens — et je connais aussi les ravages que peut exercer l'argent. Je regrette de m'être trouvée mêlée à tout cela. Ça ne m'a jamais rendue heureuse — ça ne m'a rapporté que des souffrances, de la peur. Je ne laisserai pas mes enfants grandir au contact d'un univers pareil. Je ne les laisserai pas être contaminés. Ce que je fais, je le fais pour mes enfants, pour leur donner une meilleure chance.

Tandis qu'elle parlait, Brognola cherchait les signes révélateurs, ces gestes inconscients, ces expressions, ces tics qui accompagnent parfois un mensonge. Un sourcil qui se fronce, des yeux qui se ferment, une manière de parler différente. Si Yovana Ortiz jouait un rôle en cet instant, elle méritait un Emmy Award.

— Vous n'étiez pas obligée de filmer les transactions financières ou d'accepter de témoigner, observa-t-il. Vous auriez pu vous en aller, tout simplement.

— Jamais Don Jorge ne m'aurait laissée partir. Il ne pouvait pas prendre ce risque. J'en sais bien trop sur le fonctionnement des choses et sur les gens impliqués. Le Seigneur des Mers ne donne pas de montres en or à ceux qui veulent se retirer. Il leur offre des cercueils.

On frappa à la porte, et la conversation s'interrompit. Le lourd battant en acier s'ouvrit vers l'intérieur, et un agent d'âge moyen, aux cheveux coupés en brosse, passa la tête dans l'entrebâillement. Il était armé d'un CAR-15.

— Excusez-moi de vous interrompre, monsieur, mais l'appel que vous attendiez vient d'arriver, expliqua-t-il en brandissant un téléphone cellulaire.

— Mes enfants ? demanda aussitôt la jeune femme, alors que Brognola se levait. Ils sont en sécurité ? Quand nous rejoindront-ils ?

— Je reviens dans un instant, dit son interlocuteur en récupérant le téléphone et en sortant dans le couloir.

Il ferma la porte derrière lui.

— Je t'écoute, Striker.

Fort de sa longue expérience, le numéro Un du *Justice Department* conserva la même expression tandis que l'Exécuteur lui livrait les dernières nouvelles. Elles auraient difficilement pu être pires. Les hommes postés sur place avaient été abattus ainsi que tous les gardes du corps. Et les gosses se trouvaient probablement maintenant aux mains des Murillo. Or, si ses enfants ne la rejoignaient pas, Yovana Ortiz allait poser un problème. Un gros problème.

Brognola n'avait pas besoin d'expliquer à Bolan dans quel pétrin ils se trouvaient. Sans un mot, il écouta ce que le Guerrier avait à lui dire. Comme toujours, son analyse tactique était parfaite. Ce qui était aussi bien, car ils n'avaient pas le temps de débattre sur la suite à donner aux événements.

Quand ils eurent établi la logistique, le fédéral dit :

— Je préviens Grimaldi pour que vous vous retrouviez aussi tôt que possible à l'aéroport de Tijuana.

Et il raccrocha.

Quand il regagna la petite salle de réunions, la jeune femme se leva d'un bond.

— Où sont mes enfants ? demanda-t-elle.

« Que le spectacle commence ! » pensa Brognola. Il compatissait devant la situation de la jeune femme et sa détresse, mais, vu les circonstances, tous les sentiments personnels devaient être laissés de côté. De même que la vérité. Cette femme et ses enfants étaient les éléments essentiels d'une entreprise non moins essentielle : la destruction de l'empire de Samosa. Le boulot du fédéral consistait à prendre possession de la preuve que Yovana lui offrait, par n'importe quel moyen, puis à se mettre au boulot.

— Ne vous inquiétez pas, tout va bien, lui dit-il. Maintenant, asseyez-vous, je vous prie. Tout se passe selon le plan prévu. Est-ce que je peux vous faire apporter quelque chose à boire ou à manger, pendant que vous attendez ? Vos fils vont bien et ils seront bientôt ici, avec vous.

Le ton de sa voix était plein de confiance, comme s'il croyait à chacun des mots qu'il prononçait.

Lui aussi aurait mérité un Emmy Award, mais il n'en était pas plus fier que ça…

CHAPITRE V

Jack Grimaldi inclina le Cessna, qui vira brutalement vers l'est. A travers le pare-brise, le soleil levant déversait une lumière rouge sang sur Isla Carmen. Inhabitée et accidentée, l'île protégeait avec sa petite sœur, Isla Coronado, la grande baie qui s'ouvrait devant la ville de Loreto, en Basse Californie. Tandis que l'appareil décrivait un arc de cercle, Bolan aperçut les lanternes à pétrole des pêcheurs de calamars dans leurs petites embarcations, à l'extrémité sud de l'île Coronado.

Les couleurs changeaient rapidement. Le pourpre se mua en orangé, qui laissa la place à l'or rouge et la surface de la mer de Cortez vira lentement au vermillon.

— On a assez de lumière, maintenant, dit Grimaldi dans le micro de son casque.

— Alors, allons-y.

Ils étaient à dix kilomètres au sud de l'aéroport de Loreto.

Atterrir sur la piste officielle impliquait de passer par les services de douanes et d'immigration mexicains. Contrainte évidemment inapplicable pour le Guerrier.

Grimaldi continuait de virer au-dessus de l'eau, tout en perdant de l'altitude et de la vitesse. A l'instant de toucher l'eau, il stabilisa l'appareil en même temps qu'il accélérait et il déboucha sur une grande étendue de plage. Il n'y avait aucune habitation, juste un maquis teinté de rose et de pourpre. L'appareil se posa au bord de l'eau, là où le sable était stabilisé par l'humidité.

A peine le Cessna arrêté, l'Exécuteur ouvrit la portière du côté passager, agrippa son sac à dos et sauta.

— A plus ! cria-t-il par-dessus le grondement du moteur.

Grimaldi sourit et répondit en tendant le pouce.

Bolan ferma la portière et contourna l'appareil par l'arrière en courant. Alors qu'il rejoignait le haut de la dune qui longeait la plage, le Cessna accéléra, souleva un nuage de sable et prit de la vitesse avant de repartir vers le nord.

En même temps qu'il s'élançait dans l'intérieur des terres, slalomant entre les massifs de broussailles et les rochers, en direction de la route N. 1, Bolan calcula qu'entre le moment de l'atterrissage et celui du décollage, il s'était écoulé moins de trois minutes. Au loin, il aperçut la silhouette déchiquetée des montagnes de la Sierra de la Giganta. Et, un quart d'heure plus tard, il atteignait la route à deux voies. Il tourna alors vers le nord, vers la ville, s'engageant dans une très longue côte aux allures de faux plat. La circulation était nulle et l'air empli de chants d'oiseaux.

Quand il arriva au sommet de la côte, Bolan regarda avec attention le paysage qui se développait à ses pieds. A une cinquantaine de mètres de lui, trois jeeps olive étaient arrêtées sur le sable, près de la route. Des soldats en tenue de camouflage se tenaient contre les véhicules, buvant des sodas en guise de petit déjeuner. Un poste de contrôle anti-drogue. Il les vit et ils le virent. Trop tard pour quitter la route.

Tandis que Bolan approchait d'eux, il remarqua à quel point ils étaient jeunes. L'officier responsable, qui devait tout juste avoir vingt ans, lui jeta un coup d'œil, avant de se détourner ostensiblement. L'Exécuteur était habillé comme un touriste. Avec son sac à dos et ses chaussures de randonnée, il pouvait passer pour un Européen : l'endroit en était plein, en hiver, venus notamment d'Allemagne et d'Autriche. Un des soldats faisait cuire des haricots et des tortillas sur un réchaud portable installé sur le hayon. Personne ne s'avança sur la route pour arrêter Bolan et le contrôler.

Le Guerrier observa au passage l'arsenal dont ils disposaient. Des fusils d'assaut Heckler & Koch. Les G-3 tout éraflés reposaient contre le marchepied des véhicules. Aucun d'eux n'avait de chargeur. Les armes étaient donc vides. Bolan avait entendu dire que les soldats étaient obligés d'acheter leurs propres munitions, leur nourriture et aussi l'essence pour leurs jeeps. Pas étonnant dans ces conditions que les Murillo soient venus installer leur sanctuaire dans le coin.

Au bout de trois kilomètres, il atteignit enfin les limites de la ville, tourna au niveau d'un terrain de football et se dirigea vers la mer. Il avait traversé environ quatre pâtés de maisons, passant à côté d'une école fermée, d'un restaurant fermé et d'un distributeur de bière en panne, quand le bruit d'un véhicule se fit entendre derrière lui. Le Guerrier se retourna : une voiture de police. Le conducteur le suivit sur une trentaine de mètres, avant de le rattraper et de s'arrêter devant lui, lui coupant la route.

La portière s'ouvrit et un officier vêtu d'un uniforme brun clair, bien repassé, apparut.

— Ça va ? lança-t-il.

— Ça va. Et vous ?

— C'est encore très calme. Toujours comme ça, à cette heure de la journée. Vous avez eu des problèmes avec votre voiture ?

— Non, je fais de la randonnée. C'est la meilleure heure pour marcher.

Le flic hocha la tête.

— Dans deux heures, il fera trop chaud. Voulez-vous que je vous dépose dans le centre ?

— Oui, pourquoi pas ?

Bolan posa son gros sac sur la banquette arrière et prit place dans la voiture. Le tableau de bord était couvert de photos d'enfants.

— Votre famille ? demanda le Guerrier, pour faire la conversation.

Le flic hocha la tête.

— Ils sont très beaux, commenta l'Exécuteur.

— Merci. Vous allez où ?

— J'aimerais manger quelque chose, rapidement, et ensuite louer un bateau, avec un capitaine.

— Vous voulez pêcher ? Je connais l'endroit qu'il vous faut.

Ils prirent une rue étroite, longeant la façade de pierre rongée par les intempéries d'une vieille église espagnole du XVIIe siècle. Sur la petite place centrale, ornée en son milieu d'un kiosque à musique, les habitants de Loreto commençaient à se montrer. Les hommes étaient coiffés de chapeau de cow-boys en paille, les femmes vêtues de robes de coton colorées.

L'officier arrêta son véhicule devant un café avec quelques tables disposées sur le trottoir. Les tables étaient vides, mais quelqu'un s'agitait derrière le comptoir de service.

— Essayez les *huevos rancheros*, dit le flic. Et pour le bateau de pêche, dites au cuisinier que vous voulez parler à Jordan. Il vient manger ici tous les jours à peu près à cette heure.

— Merci, dit Bolan, avec un sourire.

Il sortit son sac à dos de la voiture, puis passa sous le store du café pour s'approcher du comptoir. Après avoir commandé, il s'installa sur le trottoir. En l'espace de quelques minutes, d'autres clients arrivèrent par groupes. Quelques-uns étaient visiblement américains — reconnaissables à leurs T-shirts aux motifs criards représentant des merlins ou des thons. Mais la plupart étaient des gens du coin, des hommes.

Quand la serveuse lui apporta ses œufs, Bolan lui dit qu'il voulait parler à Jordan, au sujet d'un bateau. Elle désigna un homme qui buvait son café à l'intérieur.

— Jordan ! appela-t-elle.

L'homme se leva de la chaise sur laquelle il était installé.

Au premier regard, le Guerrier sut que Jordan n'était pas mexicain. Rouquin, le visage constellé de taches de rousseur, il avait les yeux bleus et le ventre d'un gros buveur de bière. Sans se présenter, il s'assit à la table de Bolan, extirpa une Marlboro d'un paquet tout aplati et l'alluma. Il avait les doigts jaunes de nicotine.

— Vous voulez pêcher ? demanda-t-il dans un anglais parfait. Vous allez vous éclater. On peut attraper des dorades à queues jaunes. Et beaucoup de *cabrillas* aussi.

Bolan s'essuya les lèvres avec sa serviette et repoussa son assiette sur le côté.

— Il me faut un bateau et un capitaine pour deux jours, dit-il.

— Aucun problème. Vous descendez dans quel hôtel ?

— Dans aucun. Je veux le bateau pendant quarante-huit heures. Mon idée, c'est de rejoindre la côte vers Mulegé, de camper durant la nuit et de revenir dans la soirée du second jour.

— Je peux arranger ça, mais ça vous coûtera deux cents dollars par jour, payables d'avance. Les gars n'aiment pas trop rester dehors toute la nuit. Ils préfèrent dormir dans leur lit.

Jordan baissa les yeux vers l'assiette de Bolan, encore à moitié pleine.

— Vous avez fini ? Ça vous dérange si...

Bolan poussa l'assiette vers lui.

Jordan, qui avait sorti sa propre fourchette de sa poche, commença aussitôt à manger. Il engloutit les *huevos rancheros* en trois battements de cœur.

Il s'essuya la bouche du dos de la main et prit une longue bouffée de sa cigarette, toujours allumée. C'était visiblement un magouilleur au rabais, du genre gagne-petit. Cela devait faire une paye qu'il n'avait pas vu quatre cents dollars.

— Quand est-ce qu'on peut partir ? demanda l'Exécuteur.

— Ma camionnette est garée juste à côté. On passera chez Tacho — c'est lui qui vous servira de capitaine —, puis on ira direct à la marina. Je peux porter votre sac ? Il a l'air lourd.

— Non, merci. Ça ira.

L'intérieur de la camionnette Ford, un modèle de 1979, dégageait la même odeur qu'un cendrier géant. Ils roulèrent un moment dans un réseau de petites rues non goudronnées, avant de s'engager dans la cour poussiéreuse qui s'étendait devant une maisonnette peinte en bleu-vert. Quand il quitta le véhicule, Bolan sentit le fumet du feu de bois. Ils pénétrèrent dans la maison, dépourvue de porte, et Jordan beugla quelques mots en espagnol. Il s'absenta et revint cinq minutes plus tard avec un petit homme à la peau burinée, qui tombait visiblement de son lit. Ils portaient tous les deux des sacs de nourriture, avec des oranges, des tortillas et des haricots. Et des cannes à pêche.

Jordan se chargea des présentations un peu plus tard, alors qu'ils roulaient vers la mer.

— *Muchos gusto, señor*, dit Tacho en tendant une main calleuse.

Ses dents de devant, en haut et en bas, étaient recouvertes d'acier.

— Pareil pour moi, lui répondit Bolan, laconique.

La marina de Loreto consistait en une petite digue et une série d'appontements. Il n'y avait pas de quai. Tacho alla mettre la nourriture dans la glacière du Panga, une barcasse qui devait faire vingt-trois pieds. Puis Jordan et lui embarquèrent des bidons d'essence de cent litres à l'arrière.

— Amusez-vous bien, dit Jordan.

Et il tendit la main pour être payé.

Bolan lui donna les quatre cents dollars promis, en liquide. L'autre les empocha rapidement, empêchant

Tacho de voir quelle somme était échangée, puis il rejoignit sa camionnette.

Le Guerrier s'assit sur le banc du milieu, son sac à ses pieds, tandis que Tacho faisait partir le moteur, un Mariner de soixante-dix chevaux. Quand celui-ci fit entendre un son régulier, le Mexicain fit lentement sortir le bateau de la marina.

— Quelle direction ? demanda-t-il.

— *Norte*, lui dit Bolan, *Hacia Punta Pulpito.*

— O.K.

Contournant la digue, Tacho mit les gaz et le Panga prit de la vitesse. Ils longèrent la plage qui se trouvait au nord de la ville, virant vers Isla Coronado. Peu à peu, la plaine sur laquelle se trouvait Loreto disparut, remplacée par des falaises de plus en plus hautes, jusqu'à ce qu'une ligne de montagnes rouges et désertiques finisse par tomber de façon abrupte dans la mer.

Soudain, sur la droite, il y eut de l'agitation, des bruits d'éclaboussures, des oiseaux qui plongeaient. Bolan aperçut des poissons d'une bonne vingtaine de centimètres qui sautaient assez haut hors de l'eau.

— *Dorado !* cria Tacho. On pêche ?

Secouant la tête, Bolan désigna le nord.

Tacho haussa les épaules et continua sa route. Alors que le marin observait les poissons et les oiseaux se livrer leur duel, le Guerrier regardait de l'autre côté, examinant le terrain sur lequel il allait devoir évoluer et combattre. Les rochers fournissaient les seules possibilités d'abri. Et, alors que le soleil était déjà assez haut dans le ciel, la température avait fait un pas de géant. Le Guerrier commençait à transpirer, même si la vitesse du bateau lui offrait une certaine fraîcheur. Il sortit une paire de lunettes de soleil pliantes et les chaussa. La réverbération du soleil sur l'eau devenait aveuglante.

Ils avaient navigué pendant environ deux heures et demie sans cesser de suivre le rivage, quand ils arrivèrent dans une grande baie aux eaux peu profondes, encadrée par des formations rocheuses jaunâtres sculptées par le vent.

— San Basilio ? demanda Bolan.

Tacho hocha la tête et désignant une avancée de sable, il indiqua :

— Je vais m'échouer là.

— D'accord.

Se tournant vers la plage, Tacho fit ralentir le Panga. Alors qu'ils approchaient du sable, la chaleur qui régnait sur le rivage leur tomba dessus. Dans un mouvement plein de savoir-faire, le capitaine coupa le moteur hors-bord et le sortit de l'eau. L'avant du Panga glissa sur le sable.

— Et voilà ! fit Tacho avec satisfaction.

— Ce n'est pas votre bateau, n'est-ce pas ? demanda l'Exécuteur alors que son compagnon passait à côté de lui pour rejoindre l'avant.

— Non. Il appartient à la coopérative. Je suis juste le capitaine pour aujourd'hui.

Bolan se redressa.

— Descendez, ordonna-t-il.

— C'est pour vous que je me suis arrêté. Pas pour moi.

— Je veux que vous descendiez du bateau, insista l'Exécuteur. Tout de suite.

Quelque chose dans le ton de son passager, son apparence, ses yeux glacés, dut faire comprendre au Mexicain qu'il valait mieux obéir. Il sauta pieds nus sur le sable brûlant.

Bolan récupéra les tennis du marin sur le pont et il les lui tendit. Se tournant, il vida la glacière, lui laissant presque toute la nourriture et les boissons qu'il avait apportées.

— C'est pas bien, *señor* ! protesta le Mexicain en posant les sacs en plastique sur le sable. Vous pouvez pas faire ça !

— Cela vous prendra une pleine journée de marche pour revenir à Loreto à pied, indiqua le Guerrier. Même si vous vous dirigez vers l'ouest pour rejoindre la route nationale, il fera nuit quand vous rentrerez chez vous.

— Ne me laissez pas ici...

— Vous n'aimeriez pas aller là où je vais, Tacho, lui dit Bolan.

Il sortit une épaisse liasse de billets d'une de ses poches de pantalon. Sans compter, il les tendit au capitaine.

— Ça devrait vous consoler, dit-il.

Abasourdi, Tacho regarda l'énorme cash.

— Poussez-moi, maintenant, ordonna-t-il en gagnant l'arrière du bateau.

Quand l'autre lui eut obéi, il remit le moteur dans l'eau. Le Mercury repartit aussitôt. Bolan éloigna le Panga du rivage, puis accéléra. Jetant un coup d'œil derrière lui, il vit Tacho qui lui faisait au revoir de la main, visiblement très satisfait de la tournure des événements.

Alors que l'Exécuteur se trouvait à moins de deux kilomètres de Punta Pulpito, un promontoire aux allures de tour qui sortait brusquement de l'eau, le moteur commença à faire entendre des crachotements et à perdre en puissance. Le réservoir était presque vide. Bolan coupa le moteur, laissant le Panga continuer sur sa lancée avant de s'arrêter. Avant de refaire le plein, il sortit des documents de son sac à dos. Il mit de côté la carte satellite de reconnaissance, releva ses lunettes, et s'intéressa à une série de photos très précises de tous les environs du ranch des frères Murillo, prises d'avion par la D.E.A.

Entre Pulpito et Punta Concepción, le rivage laissait apparaître une multitude de criques, idéales pour l'établissement de petits ports de pêches. La crique que le Guerrier voulait atteindre était à une heure et demie de là, à Bahia San Nicolas. Après avoir fait le plein et relancé le moteur, Bolan laissa celui-ci tourner tandis qu'il sortait une bouteille d'eau de la glacière. Il prit le temps de boire longuement, lentement, pour compenser la transpiration intense. Puis il rechaussa ses lunettes et accéléra. Les Murillo n'allaient certainement pas apprécier sa visite...

CHAPITRE VI

Un grand bol de café fumant à la main, Roberto Murillo entra sans frapper dans la chambre de son frère, au premier étage. Il traversa la pièce au sol carrelé pour rejoindre l'immense lit et passa à côté du Jacuzzi. Des bouteilles de verre noir — de la tequila Three Generations — flottaient dans l'eau, visiblement vides. Sur le sol, traînaient d'autres preuves des réjouissances qui s'étaient déroulées ici la nuit précédente : un miroir, une lame de rasoir en or et de la cocaïne dans un grand sachet en plastique.

Ramon n'était pas seul dans le lit. Deux jeunes prostituées l'encadraient, peu gênées par ses ronflements.

Roberto s'approcha et tira d'un geste brusque les draps et les couvertures. Les trois occupants du lit étaient nus.

Les filles clignèrent des yeux en le regardant, luttant pour se réveiller. Elles ne faisaient aucun effort pour se cacher. Souriantes, elles roulèrent sur le dos, s'étirèrent comme des chattes et écartèrent les cuisses.

Roberto les ignora.

— Ramon, lève-toi ! lança-t-il.

Ramon ouvrit un œil.

— Trop tôt, grogna-t-il, reviens dans trois ou quatre heures.

— On a du boulot !

D'un mouvement brusque, le plus jeune des Murillo s'assit, puis sauta du lit. Tandis qu'il enfilait son pantalon, les deux filles ramenèrent les couvertures sur elles et se blottirent l'une contre l'autre. Elles commencèrent à se caresser et à s'embrasser à pleine bouche.

— Qu'y a-t-il de si urgent, Roberto ? interrogea Ramon en souriant, alors qu'il enfilait une chemise de soie noire.

Roberto garda le silence. Son frère était la proie de multiples vices, à commencer par des besoins sexuels bien au-delà de la normale. Il faisait en sorte qu'un flot continu de jolies filles traverse sa vie. Deux fois par jour, au minimum. Ainsi, les deux filles qui se trouvaient dans son lit prendraient le vol de 13 heures au départ de Loreto, et le vol arrivant à 15 heures amènerait leurs remplaçantes. Sauf que Ramon ne serait pas là pour en profiter. Il y avait des affaires qui ne pouvaient pas attendre.

Dès qu'il était question de sexe, Roberto avait plus de contrôle que son cadet et en tirait une certaine fierté. En fait, Roberto « El Azote » prenait son pied de bien d'autres façons. Il aimait le pouvoir et il aimait l'exercer. Il aimait que les gens aient peur de lui, et il leur donnait régulièrement des motifs pour cela. Virtuellement, personne en Basse Californie n'était à l'abri de sa colère. Il l'avait prouvé plus d'une fois au cours des dix dernières années.

— Nous avons trouvé l'autre salope ! annonça Roberto en tendant le bol de café à son frère.

Roman but une gorgée, fit claquer ses lèvres et dit :

— Elle est toujours à Tijuana, c'est ça ?

— Comment tu le savais ?

— Tu t'imaginais qu'elle se serait tirée en laissant ses mouflets derrière elle ? Qui s'en occupe ? Le F.B.I. ? La D.E.A. ? Et où sont les fils de putes qui ont massacré nos hommes au Zorro Azul ?

— Tout ça n'est pas encore très clair. Notre informateur nous a juste indiqué que, la nuit dernière, un groupe d'hommes bien armés ont conduit la fille dans la maison présidentielle, sur la colline — celle que Salinas avait fait construire...

— Je connais l'endroit, j'ai même pensé à l'acheter. Une vraie forteresse, avec tout un réseau de tunnels et un bunker souterrain. Impossible de la faire sortir de là. Il faudrait une armée et on y laisserait la plupart de nos hommes. Tant qu'elle restera là, cette chienne de Yovana est intouchable, conclut Ramon avant de reprendre une gorgée de café. Est-ce que la prime sur sa tête a été fixée ? Combien Don Jorge est-il prêt à payer ?

— Vingt-cinq millions de dollars si elle meurt avant d'avoir transmis la moindre information. Et dix si elle meurt après avoir parlé aux fédéraux.

— Il faut arriver à la faire sortir de cette putain de propriété, observa Ramon. Si elle sort, elle peut être atteinte.

— Les gamins sont la clé de tout, affirma Roberto. Ils sont la seule chose qui l'amènera à se montrer.

— Sauf que le F.B.I. et la D.E.A. ne la laisseront pas faire, à moins d'être sûrs que les gosses sont en sécurité. Mais on ne peut pas laisser Juanito et Pedro aux fédéraux. Don Jorge deviendrait fou. Il veut ces gosses autant qu'il veut la mort de leur mère.

— Je sais, je sais. C'est un problème et je trouverai un moyen de régler ça. Mais, d'abord, il faut que tu retournes à Tijuana ce matin et que tu prépares toi-même la récupération de Yovana.

— Avec plaisir, dit Ramon. Surtout si j'ai carte blanche.

— Tu fais comme tu veux. L'important, c'est que le boulot soit fait.

Ramon passa le bras sur l'épaule de son frère et le serra contre lui un bref instant.

— Tu ne seras pas déçu, assura-t-il.

Les deux Murillo sortirent de la chambre et débouchèrent dans le couloir, frais et sombre. Le mur qui leur faisait face était coupé à intervalles réguliers par des balcons qui donnaient sur la piscine et les jardins.

— Le Learjet est prêt à partir, indiqua Roberto alors qu'ils s'engageaient dans l'escalier. Tu peux t'en aller quand tu veux. Tout est arrangé sur place.

— Les fils de Don Jorge sont réveillés ?

— Ça fait un moment, déjà. Ils prennent leur petit déjeuner au bord de la piscine.

— Je voudrais leur dire au revoir avant de partir, demanda Ramon avec un sourire carnassier.

Un toit en feuilles de palmiers ombrageait une partie des grandes dalles de pierre blanche qui entouraient la piscine. Personne ne nageait dans le bassin. Une demi-douzaine de soldats armés de pistolets-mitrailleurs compacts se tenaient autour de la fontaine centrale du jardin, des écouteurs dans les oreilles. Assis à une table de fer forgé, deux garçons aux cheveux blonds et aux yeux marron, vêtus de

T-shirts et de shorts kaki à rayures, mangeaient des corn-flakes.

— On dirait qu'ils se sont remis de ce qui s'est passé la nuit dernière, observa Ramon alors que son frère et lui traversaient le patio.

— Tu n'aurais pas dû les laisser voir...

— Ne sois pas stupide ! coupa Ramon. Comment est-ce que j'aurais pu les empêcher de regarder ? J'avais chargé un de nos hommes de leur mettre une couverture sur la tête. Qu'est-ce que j'y peux, moi, s'ils ont vu le spectacle ? De toute façon, ajouta-t-il, avec un sourire suffisant, c'est avec ce genre de trucs qu'un garçon devient un homme. Tu as oublié ?

— Je me souviens. Mais on était beaucoup plus vieux.

— Leur père me remerciera, au bout du compte, assura Ramon. Ses héritiers doivent être forts s'ils veulent s'en sortir et survivre.

C'était vrai, songea Roberto. Il savait que le père des gosses n'avait mis aucune restriction sur ce qui devait être fait pour s'en emparer. Samosa les voulait près de lui. Et vivants.

Le baron de la drogue n'était pas assez âgé pour être le père de l'un ou l'autre des Murillo — plutôt un grand frère, puisqu'il y avait six ou sept ans de différence d'âge. Malgré tout, Roberto considérait Samosa comme une figure paternelle. Un homme qu'il fallait respecter et craindre. Un homme à qui il fallait obéir. Le patron.

De la même façon que les hommes de Roberto vivaient sous la terreur de ses colères, lui-même vivait dans la terreur sacrée du Seigneur des Mers. Si le pouvoir de l'argent permettait aux Murillo de faire la loi en Basse Californie, le pouvoir que conférait encore plus d'argent permettait à Samosa d'avoir une emprise absolue sur eux. Aussi loyaux que soient les soldats des Murillo, aucun n'était de taille à résister à la force absolue que représentait la puissance de Samosa. Un ordre direct du grand patron et n'importe lequel de leurs soldats pouvait se retourner contre eux en l'espace de quelques secondes. Des gardes du corps se transformer soudain en assassins. C'était la loi du genre. Roberto et Ramon avaient vécu selon ses règles pendant la majeure partie de leur vie. Ils en connaissaient les avantages… et les limites.

Les deux gosses levèrent les yeux de leurs bols de céréales. En voyant Ramon approcher, ils froncèrent les sourcils. Le plus jeune, Pedro, commença à pleurer. Mais son aîné, Juanito, lui donna un coup de pied sous la table et il s'arrêta aussitôt.

— Alors, lança Ramon, comment se sentent les garçons, ce matin ?

Comme il tirait une chaise pour s'installer avec eux, le petit Pedro eut si peur qu'il en laissa échapper sa cuillère.

— Où est notre mère ? demanda Juanito en lui donnant la sienne.

— Ne vous inquiétez pas pour votre maman. Je viens juste de lui parler au téléphone. Elle va bien et elle vous aime. Ce soir, les garçons, vous allez faire un petit voyage en bateau. Vous allez rendre visite à votre papa. C'est pas formidable, ça ?

— Et maman ? insista Pedro d'une voix pleurnicharde. Est-ce qu'elle vient avec nous ?

— Elle viendra plus tard, lui dit Ramon. Et vous serez tous ensemble, alors. Vous, votre maman et votre papa. De nouveau une famille. Ce sera super.

Cette promesse parut calmer les enfants, au moins pour un moment. Sans doute parce qu'ils avaient désespérément envie de croire que Ramon disait vrai.

Selon Roberto, il y avait au moins deux raisons qui poussaient Samosa à vouloir les enfants auprès de lui. La première était liée à son héritage. Samosa avait créé un vaste empire criminel, et il souhaitait le transmettre, faire en sorte que le cartel reste au sein de la Famille. Pour cela, il devait préparer ses jeunes fils à reprendre les rênes. L'autre raison était bien moins sentimentale. S'il détenait les garçons, Yovana Ortiz aurait toutes les peines du monde à vendre ce qu'elle avait en sa possession. Autant Roberto était certain que le Don n'irait pas tuer la chair de sa chair, à moins qu'on ne lui laisse vraiment pas d'autre choix, autant il ferait tout ce qui était en son pouvoir pour que, d'une manière ou d'une autre, leur mère ne revoie plus jamais ses enfants.

— Est-ce qu'on peut aller à la plage ? demanda Juanito.

— Vous avez fini de manger ?

Les deux garçons hochèrent la tête.

— Alors, Paolo et les autres vont vous accompagner, dit Roberto en faisant signe à un des gardes armés. Mais vous n'allez pas dans l'eau. Vous pourriez vous faire piquer par les méduses. Maintenant, dites au revoir à Ramon. Il retourne à Tijuana.

— Au revoir, dit mécaniquement Juanito.

— Et toi, petit Don ? lança Ramon au plus jeune des deux frères. Tu as avalé ta langue ?

Pedro se contenta de le fixer, les yeux écarquillés, incapable de parler. Sa lèvre inférieure commença à trembler.

Devant cette réaction, Ramon rejeta la tête en arrière et éclata de rire. On aurait dit un âne en train de braire.

Juanito prit Pedro par la main et il l'entraîna à la suite de Paolo, qui contournait la piscine.

— Tu as vu comme ils sont costauds ? observa Ramon. Crois-moi, je ne leur ai pas causé de dommages. Tu n'as pas à t'inquiéter, mon frère.

Roberto estimait qu'ils avaient bien d'autres raisons de s'inquiéter.

C'était grâce au flot régulier des pots-de-vin et autres dessous-de-table que les Murillo gardaient ouvertes les voies de transports de la drogue. Or, Yovana Ortiz était en position d'anéantir tout ce réseau de corruption. Elle connaissait tous les noms ; la plupart des paiements avaient eu lieu à son domicile.

Et ça n'était là que le moindre de leurs problèmes.

Si chacun des fonctionnaires soudoyés par Samosa et les Murillo se faisait arrêter, ce ne serait pas la fin du monde. A plus ou moins long terme, d'autres fonctionnaires se laisseraient corrompre et le système repartirait sur de nouvelles bases. Mais d'autres problèmes se profilaient, bien plus inquiétants, en particulier le nouveau prototype de navire de lutte contre la drogue que les Etats-Unis et le Mexique avaient conjointement mis en chantier. Le programme D.I.V. — Drug-Interdiction Vessel — n'était pas un secret : les détails techniques et les noms des plus importantes entreprises impliquées avaient été largement exposés dans la presse internationale. Le gouvernement américain tenait à ce que le cartel sache bien ce qui allait lui tomber sur la gueule.

Cette nouvelle génération de navire disposait d'un système satellite d'acquisition des cibles, de moteurs surpuissants et de systèmes d'armement automatisés, incluant des missiles sol-sol et des missiles sol-air. Sur le papier, la flotte annoncée avait le pouvoir de détruire ce que Jorge Luis Samosa et les Murillo avaient mis presque vingt ans à mettre sur pied. Une poignée de ces vaisseaux de guerre patrouillant dans les zones clés étranglerait le flux des produits entre l'Amérique centrale, l'Amérique du Sud et les Etats-Unis. Les pertes atteindraient rapidement un niveau insoutenable. Afin de disposer en permanence d'une énorme quantité de liquide et de s'assurer la loyauté de ses milliers d'employés, l'organisation de Samosa effectuait des déplacements de drogues massifs. De ce point de vue, le cartel était comme un train dont la locomotive se serait emballée. A moins que Samosa puisse trouver une autre route à grande capacité, les D.I.V. finiraient par couler ses affaires — et celles des Murillo par la même occasion.

Cette crise devait être traitée très en amont, avant le lancement du premier navire. Roberto était fermement convaincu que tout, absolument tout, était possible avec de l'argent — il fallait juste y mettre la quantité nécessaire. Et ça, ce n'était pas un problème, comme le démontrait la prime considérable que Samosa avait mise sur la tête de Yovana Ortiz. Pour les frères Murillo, cette récompense ne représentait presque rien. Le plus important était le glaive que Mlle Ortiz gardait suspendu au-dessus de leur tête. Une telle trahison réclamait une punition exemplaire.

Alors que Ramon se tournait pour partir, Roberto lui dit :

— Fais en sorte que cette chienne disparaisse à tout jamais de la surface de la terre.

— Avec plaisir, mon frère.

CHAPITRE VII

L'entrée de la petite crique de San Bartolomeo était protégée sur toute sa façade sud par une avancée de rochers, et, même avec les clichés de la D.E.A., Mack Bolan en aurait manqué l'entrée s'il n'avait pas navigué aussi près du rivage. Contournant l'extrémité des rochers, il pénétra dans l'anse.

Des milliers d'années plus tôt, un torrent avait peu à peu creusé un étroit canyon dans les falaises. Bolan examina l'endroit et repéra un certain nombre de planques possibles pour des snipers. Il remarqua aussi des entassements de gros blocs de pierre qui n'avaient rien de naturels, comme si on les avait mis en place à l'aide d'un bulldozer. Probablement des positions pour des flingueurs, lesquels devaient pouvoir rendre presque impossible le fait d'entrer ou de sortir de la crique.

Un reflet attira son attention dans le pourtour montagneux de la crique. Juste un éclair, mais le Guerrier savait que le soleil venait de se refléter dans les verres d'une lunette télescopique. Au moins une des positions de snipers était-elle occupée, songea-t-il en comprenant du même coup qu'il ne pouvait désormais plus battre en retraite, sous peine de s'exposer aux balles du tireur embusqué.

Bolan ralentit l'allure du Panga et s'intéressa aux bateaux amarrés à des flotteurs au milieu de la minuscule baie. Ni les vues satellites ni les photos prises d'avion par la D.E.A. une semaine auparavant ne pouvaient lui dire dans quel état précis étaient ces embarcations. Il devait juger par lui-même. S'il ne comptait pas prendre la fuite en utilisant un bateau de l'ennemi, il était bien placé pour savoir que, lorsque le temps manquait, les meilleurs plans pouvaient évoluer en l'espace d'une seconde.

A l'autre bout de la crique, Bolan repéra deux Panga équipés de moteurs hors-bord soixante-quinze chevaux, échoués sur les cailloux. Dans aucun d'eux, il ne vit de bidons d'essence. Autant dire qu'il ne fallait pas compter pouvoir rentrer à Loreto avec l'un ou l'autre. Il ne pouvait de toute façon pas trop tabler sur une sortie par la crique, laquelle ressemblait à un piège mortel.

Après avoir été un village de pêcheurs, San Bartolomeo était aujourd'hui un avant-poste du ranch des Murillo. Les cabanes aux toits en feuilles de palmiers qui s'élevaient autrefois sur le rivage avaient été remplacées par des petites maisons construites sur des pilotis de béton, au-dessus de l'eau. La plupart semblaient fermées, inoccupées.

La plupart, mais pas toutes.

Un type à la barbe blanche, coiffé d'un grand chapeau de paille, lui fit un signe de la main depuis l'ombre de son porche. Il était installé dans une chaise longue et buvait ce qui devait être du café dans un grand mug.

Bolan lui répondit d'un même signe de main.

Quand il s'échoua sur la plage de gravier une vingtaine de secondes plus tard, le barbu se leva et commença de se diriger vers lui. Il fut imité par trois autres types qui sortirent au même moment de chez eux. Ils ne semblaient pas particulièrement pressés. Ils avaient l'allure d'Américains expatriés. Et aucun d'eux, visiblement, ne portait d'arme.

Quelque part, hors du champ de vision de Bolan, un avion décolla. Un jet. Il ne passa pas au-dessus de sa tête et la plainte perçante de son moteur s'estompa rapidement.

Bolan sauta de son bateau, l'accrochant au poteau auquel les autres embarcations étaient amarrées.

Le type à la barbe blanche le rejoignit, des claquettes aux pieds. Il avait deux mugs à la main. Il en posa un sur un rocher et tendit l'autre à Bolan.

— Bonjour, dit-il. Je m'appelle Frank Chip. Vous avez des problèmes de moteur ?

— Belasko, répondit Bolan en lui serrant la main. Mike Belasko. En fait, je suivais la côte et j'ai eu envie de m'arrêter pour jeter un coup d'œil à la crique.

L'autre hocha la tête et baissa les yeux sur le poignard que Bolan portait à la ceinture. Un SOG SEAL-2000, avec une lame d'acier de plus de trente centimètres.

— Sacrée lame que vous avez là, commenta le barbu.

— Ça rend service quand on fait de la randonnée.

Bien que le tatouage de Chip soit en partie effacé par le temps et les cicatrices, Bolan pouvait toujours lire l'inscription qui l'accompagnait : « Death from Above ».

Les autres les rejoignirent. Très bronzés, ils avaient tous l'air plus jeunes que Chip, entre quarante et quarante-cinq ans. Ils n'avaient rien à voir avec les soldats de la drogue que Bolan avait affrontés à Tijuana. S'ils appartenaient à l'organisation, c'étaient des francs-tireurs.

Chip se chargea des présentations. Il y avait là Ryan, un type dégingandé et aux jambes très maigres ; Edwards, portant un chapeau de cow-boy ; et Carlson, au ventre proéminent. Il avait comme les autres un mug à la main, et, dans l'autre, un carafon en plastique rempli d'un liquide clair, qui semblait sortir du réfrigérateur.

Bolan remarqua la façon que les trois hommes eurent de s'écarter de lui en reculant aussitôt après lui avoir serré la main, s'assurant ainsi que le sniper l'avait dans sa lunette et qu'eux-mêmes étaient hors de la ligne de tir. Quand l'Exécuteur s'avança vers eux, ils glissèrent sur le côté.

Très malin.

— C'est Arturo qui vous a loué le Panga ? demanda Edwards en désignant les lettres « Suzi » maladroitement peintes sur la coque.

— Je suis passé par Jordan.

— Et il vous l'a loué sans capitaine ? Il fait jamais ça.

— J'ai payé ce qu'il fallait.

— Ça a dû vous coûter bonbon, commenta Edwards en s'approchant du bateau.

Il fixa avec intensité le sac de Nylon noir posé à côté du réservoir auxiliaire. Il lui était impossible de dire ce qui se trouvait à l'intérieur — pas sans l'ouvrir.

— J'aime bien être seul, lui expliqua Bolan. Et je préfère naviguer à mon rythme.

— Vous allez où ? demanda Carlson.

— Je ne sais pas trop. Je suis la côte. C'est plutôt joli et isolé, ici. Calme. Peut-être que je camperai sur la plage en revenant vers Mulegé.

Il désigna le matériel de pêche.

— Je m'arrêterai aussi pour pêcher. Il faudra de toute façon que je fasse demi-tour dans quelques jours. Je dois prendre un avion pour retourner à L.A. dans une semaine.

— Vous avez soif ? demanda Chip.

Bolan accepta le mug qu'il lui tendait et but une gorgée. Le liquide était glacé, mais une fois avalé il brûlait comme le feu. Il avait le goût et l'odeur de l'essence, qu'on aurait mélangée à un solvant industriel. De la tequila, mais artisanale et de la pire espèce. Il fit mine de prendre une autre gorgée.

Il n'avait pas besoin de demander à ces types ce qu'ils fabriquaient là. Cela se voyait parfaitement.

Ils n'étaient qu'un écran de fumée. Un système d'alarme au cas où des dealers de drogue rivaux, des hommes de la marine mexicaine ou encore des policiers fédéraux essaieraient de pénétrer sur le site depuis la mer. Tout ce qu'ils avaient à faire, c'était occuper les éventuels envahisseurs avec leur routine de gringos alcoolisés. Ils travaillaient en équipe avec le sniper qui se trouvait embusqué plus haut, distrayant des cibles potentielles jusqu'à ce que le tireur les ait bien dans sa lunette ou qu'il appelle la cavalerie.

— Vous êtes plutôt bien installés, observa Bolan en regardant autour de lui. Vous avez votre crique privée. Les maisons sont à vous ?

Chip secoua la tête.

— Les proprios du ranch qui se trouve au-dessus, dans la plaine, nous louent le terrain. Ils nous ont laissés construire les maisons.

— Vous avez l'électricité ?

— Des panneaux solaires et des générateurs à essence, expliqua Ryan. Les frigos fonctionnent au propane.

— Et les autres maisons ?

— Les proprios viennent une ou deux fois par an, indiqua Chip. Le reste du temps, elles sont fermées.

Un petit chien jaune traversa la plage et trottina vers eux. Assez costaud, il avait les oreilles et les épaules pleines de cicatrices. Il n'aboya pas, ne remua pas la queue. Il se contenta de les regarder.

— Votre chien ? demanda Bolan.

— Un chien errant, répondit Ryan. Il est arrivé de San Nicola il y a de ça deux semaines. On ne lui a même pas donné de nom. Il vient là pour avoir quelques os à ronger. C'est Edwards qui a commencé à lui donner à manger...

— C'est un brave chien, observa Edwards, comme pour se justifier. Et puis, il tue les serpents.

— Encore une tournée ? proposa Carlson en désignant la tequila.

— Non, merci. J'ai encore pas mal de distance à faire ce matin, et le cocktail tequila-soleil a tendance à me coller le mal de crâne. Surtout avant 10 heures du matin.

Ce qui n'était pas le cas pour les autres, puisqu'ils ne refusèrent pas de remettre ça.

En silence, le Guerrier les observa boire leur tequila. Il voyait très bien à qui il avait affaire. Ils lui rappelaient ces hommes qui, une fois rendus à la vie civile, étaient restés au Viêt-nam, ou étaient revenus en Asie du Sud-Est après quelques mois passés aux Etats-Unis. Des hommes qui avaient chopé le virus du tiers-monde. Dans les endroits les moins fréquentés du monde, on était toujours un peu comme au temps du Far West. Pour certains hommes, ce terrain de jeu sans limite menait très loin. Le sexe. L'alcool. La drogue. Le meurtre.

— Vous avez des contacts avec les proprios du ranch ? demanda Bolan, l'air à peine intéressé par sa propre question.

Celle-ci resta suspendue en l'air, et l'atmosphère, malgré la chaleur, était soudain devenue glacée. L'Exécuteur avait touché une zone sensible.

— Je me demandais juste qui ils étaient, ajouta-t-il.

— Des Mexicains pleins de fric, répondit Chip d'un ton sec. Ils ne descendent jamais jusqu'ici, sauf pour utiliser leur yacht — qui est en vadrouille en ce moment. Du côté de Cabo San Lucas, je crois bien. Ils ne passent pas beaucoup de temps dans le ranch. Ils ont des affaires aux Etats-Unis.

— Si vous voulez mon avis, commenta Bolan, c'est vous qui avez fait une affaire...

Depuis la ligne des palmiers leur parvint le grondement d'un moteur. Quelques secondes plus tard, une jeep CJ5 noire apparut. La capote était repliée, et l'Exécuteur put voir les occupants. Deux imposants Mexicains étaient assis à l'avant, et un autre à l'arrière avec deux enfants.

— On a de la compagnie, annonça Bolan.

— C'est Paolo, le chef de la sécurité du ranch, répondit Chip.

— Et les gosses ?

L'Exécuteur avait posé la question comme pour la forme, mais il connaissait déjà la réponse.

— Peut-être que vous feriez mieux de vous en aller, maintenant, suggéra Chip. Les patrons aiment pas trop que des gens viennent en bateau dans leur crique sans leur permission.

La jeep s'arrêta momentanément de l'autre côté du niveau des hautes eaux. Deux des hommes sautèrent au sol et marchèrent d'un pas décidé vers Bolan et ses compagnons. Ils portaient des chemises et des pantalons de sport. Ouvertes jusqu'à la taille, leurs chemises découvraient leurs collections de chaînes en or et d'impressionnants pectoraux. Leurs manches, roulées avec soin, laissaient voir des biceps tout aussi massifs. Ils portaient à la hanche, dans des holsters, de grosses armes semi-automatiques.

Le type qui se trouvait devant sortit son pistolet et, tout en s'assurant que Bolan le voyait, dégagea le cran de sûreté.

— Tu as dix secondes pour remonter à bord de ton Panga et t'en aller, dit-il en s'arrêtant à quelques mètres du Guerrier.

Il leva son arme et visa.

— Autrement, ajouta-t-il, je t'explose la tête.

L'autre flingueur prit exactement la même pose que lui.

Derrière eux, le conducteur de la jeep passa une vitesse et se dirigea vers l'entrée de la crique.

— Je crois que ça ne me plairait pas trop, répondit l'Exécuteur.

Tout en parlant, il avait commencé de reculer en levant les mains au-dessus de sa tête. Il alla s'agenouiller auprès du bateau, dénoua rapidement l'amarre, avant de pousser le Panga dans l'eau et de monter à bord.

Les buveurs de tequila et les hommes des Murillo l'observèrent tandis qu'il faisait partir le moteur. Alors qu'il virait vers la pleine mer, Bolan leur sourit et agita la main.

Ils se reverraient bientôt. Très bientôt.

CHAPITRE VIII

Installés sur la banquette arrière de la jeep, Juanito et Pedro regardèrent Paolo et l'autre garde pointer leurs pistolets vers l'inconnu. Bien qu'habitués à voir des armes à feu et à être environnés par une nuée d'hommes chargés de leur sécurité, ils ne regardaient plus une arme de la même façon depuis les événements de la nuit précédente.

— C'est un méchant ? demanda Pedro.

— Je ne sais pas.

— Ils vont lui tirer dessus ?

Juanito éprouvait une drôle d'impression, désagréable, à mesure que lui revenaient les images de ces gens morts, des gens qui s'étaient occupés de lui et dont le sang avait giclé un peu partout. Mais il n'y avait personne pour le réconforter ou pour l'aider. Il devait être un grand garçon.

— Alors ? insista Pedro. Ils vont lui tirer dessus ?

— Comment tu veux que je le sache ? répliqua Juanito d'un ton sec.

— J'ai peur...

— Ne fais pas le bébé !

Leur chauffeur repartit et roula sur le sentier étroit qui menait au pied de la falaise. Les enfants de Yovana Ortiz tournèrent la tête, regardant le grand homme et les pistolets, attendant, redoutant le claquement d'une détonation. Mais rien ne se passa. Ils virent l'étranger pousser son bateau dans l'eau et monter à bord.

Juanito fut soulagé.

Quand leur chauffeur arrêta la jeep, il sauta du véhicule et courut jusqu'au bord de l'eau. Devant lui, il trouva un bâton d'une longueur idéale pour faire une épée ou une machette. Pedro s'en trouva également un.

Quand le moteur hors-bord repartit, les deux garçons tressaillirent. Pedro laissa tomber son bâton et se mit à pleurer.

— Je veux voir maman ! Est-ce qu'on va lui faire du mal, à elle aussi ?

— Mais, non, elle sera bientôt là, répondit Juanito, sans trop savoir s'il croyait à ce qu'il disait. Et nous irons tous voir papa.

— Je veux voir papa, avec lui je n'aurai plus peur.

Juanito aussi aimait son père. Ils ne le voyaient pas beaucoup, même quand ils habitaient chez lui. Il était toujours très occupé. Il avait toujours quelque chose d'urgent à faire. Mais quand il était avec eux, ils s'amusaient comme avec personne d'autre. Mieux que quiconque, leur père savait ce qui leur plaisait et excitait leur imagination. Il les traitait vraiment bien — pas seulement en leur donnant tout ce qu'ils voulaient, mais en leur donnant ce dont ils avaient besoin. Quand ils étaient avec lui, ils se sentaient en totale sécurité. Juanito savait que son père était l'homme le plus fort du monde. Et aussi le plus courageux. En face de lui, même le plus grand et le plus fort des gardes du corps n'osait pas le regarder dans les yeux. Quand il parlait, ses hommes avaient toujours les yeux fixés sur leurs pieds. Même Roberto et Ramon.

Une fois, dans sa maison du Panama, leur père avait tué un grand serpent rouge et noir dans la cabine de douche. Devant eux, avec une machette. Il leur avait montré comment s'y prendre. D'abord, il avait utilisé le plat de la lame pour assommer le serpent. Puis il l'avait décapité d'un seul coup. Le corps s'était agité dans tous les sens, projetant du sang un peu partout. Après sa mort, ils l'avaient mesuré. Il faisait plus de deux mètres cinquante de long.

Leur père avait mis la machette dans la main de Juanito, et il lui avait dit :

— La prochaine fois, ce sera toi qui te chargeras de ça, mon fils.

Juanito attrapa un grand morceau d'algues, dans l'eau, et fit de son mieux pour le ramener vers le rivage.

— Viens, aide-moi ! lança-t-il à Pedro.

Les deux frères luttaient pour tirer les algues, plus lourdes que prévu, quand l'étranger passa à bord de son Panga, en direction du nord. Leur chauffeur ne quitta pas l'homme du regard jusqu'à ce que le bateau soit hors de vue.

Une fois qu'ils eurent réussi à échouer les algues sur le rivage, Juanito et Pedro se lancèrent dans leur jeu favori.

— Attention au serpent ! cria Pedro.

Les yeux plissés, Juanito prépara son coup. Il abattit son bâton sur l'extrémité des algues, tout comme il l'avait fait avec le corps sans vie du serpent, dans la cabine de douche. Sous les encouragements de son père, il avait tapé de plus en plus fort, avec la machette, jusqu'à ce qu'il ait complètement écrabouillé l'animal.

Son père avait alors trempé un doigt dans le sang du serpent, puis avait tracé une ligne rouge sur le menton de Juanito.

— Tu es un bon garçon, avait-il dit en lui passant la main dans les cheveux.

Juanito entendait encore ces paroles tandis qu'il tapait furieusement sur les algues. Pedro, qui avait récupéré son bâton, imitait son grand frère, s'en prenant à l'autre extrémité du prétendu serpent.

Alors qu'ils s'arrêtaient pour reprendre leur souffle, une autre voiture surgit de sous les palmiers et vint s'arrêter au bord du gravier de la plage. Le conducteur et son passager aidèrent Paolo et l'autre homme à tirer le hors-bord du ranch dans l'eau. C'était un Radon, beaucoup plus puissant que les Pangas. Puis, avec deux hommes, Paolo monta à bord et ils foncèrent à grande vitesse vers la passe de la crique.

Le talkie-walkie de leur chauffeur fit alors entendre quelques craquements. Il le porta à son oreille, écouta.

— Il faut rentrer au ranch, ordonna-t-il ensuite. Montez dans la voiture. Vite.

Même s'ils n'avaient pas envie de quitter la plage, les deux garçons ne protestèrent pas. A la voix du chauffeur, ils avaient compris que ce ne serait pas une bonne idée.

La clôture qui entourait le ranch était en acier, avec des poteaux solides du même métal. Derrière le portail, sur le côté, se trouvait une étroite cabane tout en longueur, avec un porche au toit en palmes. Deux gardes armés de pistolets-mitrailleurs apparurent à leur arrivée. Ils firent signe à la jeep d'entrer.

A l'intérieur de la clôture, le Ranch Murillo s'élevait au milieu du plateau volcanique aride écrasé par le soleil, cerné par un haut mur blanc. Le ranch en lui-même avait deux étages, avec des murs en adobe couleur terre, tout comme les nombreuses dépendances.

Juanito et Pedro n'aimaient pas trop le ranch. A en croire Roberto et Ramon, ce coin de Basse Californie était bourré de pièges très désagréables pour de jeunes garçons. Des choses comme des scorpions, des tarentules, des crotales et des essaims de guêpes. A cause de cela, leurs oncles — qui n'étaient d'ailleurs pas vraiment leurs oncles — avaient placé des limites sévères à ce que Juanito et Pedro pouvaient faire et où ils pouvaient le faire. Lorsqu'ils étaient dehors, ils devaient être sous constante surveillance et porter de grosses chaussures.

— Quand est-ce qu'on va voir maman ? demanda Pedro alors que la jeep franchissait le portail.

— Plus tard, lui répondit Juanito, excédé. On la verra plus tard.

— Et si elle vient pas ?

— Ferme-la !

On a beau être l'aîné, on a quelquefois envie de pleurer, mais Juanito savait qu'il ne devait pas montrer sa peur devant son petit frère.

CHAPITRE IX

L'Exécuteur jeta un coup d'œil par-dessus son épaule et vit le Radon qui le prenait en chasse, lui laissant environ cinq cents mètres d'avance. Malgré la distance, il était capable de distinguer les trois silhouettes derrière le pare-brise. Le fait d'être poursuivi ne le surprenait pas. Il imaginait quel genre d'impression il avait dû faire sur les habitants de San Bartolomeo. Mais le plus curieux restait qu'ils n'avaient pas tenté de le tuer immédiatement, et l'avaient laissé partir...

Tout en s'interrogeant, Bolan tourna à fond la poignée d'accélération. Si le volume sonore du moteur s'accentua, la vitesse, elle, resta la même. Le hors-bord était à son maximum. Le Guerrier se rapprocha de la côte, cherchant des eaux calmes sur lesquelles son bateau glisserait mieux.

Quand il regarda de nouveau par-dessus son épaule, il s'aperçut que le Radon ne gagnait que peu de terrain sur lui, ce qui n'était pas normal. Le hors-bord de l'ennemi était bien plus puissant que le sien et, même avec trois hommes à son bord, il pouvait rattraper sans problème le Panga. Le type qui pilotait le Radon faisait donc exprès de rester en arrière, laissant Bolan s'éloigner de la crique. Dans la direction qu'il prenait, il n'y avait rien d'autre que des plages désertes, sur des kilomètres et des kilomètres. Les hommes qui le suivaient, soit lui faisaient un bout de conduite pour s'assurer qu'il quittait bien leurs eaux, soit ne tenaient pas à ce que quiconque puisse voir ce qu'ils s'apprêtaient à faire.

Le Guerrier décida de tester sa théorie en ralentissant brusquement son allure. Le Radon ralentit la sienne. Sitôt sa démonstration faite, Bolan accéléra de nouveau au maximum.

Il était persuadé que les flingueurs ne le laisseraient pas disparaître et savait déjà où ils lui tomberaient dessus. Lui-même avait son idée sur la question : en examinant attentivement la côte sur la carte satellite et les clichés de la D.E.A., il avait trouvé un point où les soubassements d'une falaise avaient succombé aux assauts incessants de la mer. Des blocs de lave de toutes tailles, souvent énormes, s'étaient écroulés dans l'eau, créant une petite baie et une sorte de couloir sinueux, presque un tunnel, qui menait au rivage.

Quand il atteignit ce point précis, Bolan commença à chercher un point de repère, deux monolithes renversés l'un contre l'autre et formant un triangle avec le niveau de l'eau. Quand il l'eut trouvé, il ralentit et se dirigea vers le rivage. Cette fois, son suiveur accéléra, virant vers le nord pour tenter de lui couper la route.

Ses poursuivants avaient peut-être eu la même idée que lui.

Bolan fonça droit sur le passage. Le niveau de la marée était idéal — le sommet des énormes blocs de roche qui avaient prolongé le chenal était à un peu plus de trois mètres au-dessus de l'eau. Alors qu'il s'engageait dans le premier virage, le boyau se rétrécissait déjà. Les rochers tombés formaient des obstacles que Bolan parvint à passer en égratignant quelque peu les flancs et le fond du Panga. Dès qu'il eut franchi le lacet suivant, il coupa le moteur. Il ne pouvait plus faire demi-tour — le passage était trop étroit — et il ne pouvait plus guère avancer. Le rivage était devant lui à quelques dizaines de mètres, prenant la forme d'une colline assez escarpée, hérissée de broussailles et de cactus.

Il ôta ses lunettes de soleil et les posa sur la banquette, puis ouvrit son sac. Il en retira un Ingram équipé d'un réducteur de son ainsi que le harnais de combat, déjà entièrement équipé. Tandis qu'il l'attachait, il entendit ses poursuivants approcher de l'entrée du chenal. Le bruit du moteur s'estompa lorsqu'il ralentit. S'emparant du MAC-10, Bolan sauta du Panga sur la face inclinée d'un rocher. Il grimpa jusqu'au sommet, redescendit de l'autre côté, puis passant de rocher en rocher, caché par les éboulis hauts de plusieurs mètres, il gagna l'entrée du passage. Moins de deux minutes plus tard, la rumeur du moteur du Radon s'amplifiait et il put entendre ses poursuivants qui s'interpellaient en espagnol. La coque du Radon frotta contre une des parois du chenal et un homme cria :

— Par-là, vite !

Prenant appui contre le rocher, l'Exécuteur se prépara au combat.

Quand le bateau cogna contre l'énorme éboulis, Paolo laissa échapper un juron, avant de manœuvrer pour rectifier sa trajectoire. Il venait de prendre ses anabolisants, qui favorisaient le développement rapide des muscles, et il se sentait fort, invincible. Ces produits dopants avaient toujours cet effet sur lui.

Leurs M-16 en joue, Enrique, à l'avant, et Juan qui se tenait à côté de Paolo, balayaient le terrain de tout côté. Ils savaient que l'étranger n'avait pas pu aller très loin. Il n'en avait pas eu le temps. Le petit jeu du chat et de la souris allait bientôt prendre fin. Et le chat aurait son dîner.

Les frères Murillo ne prenaient aucun risque avec les intrus. Encore moins après ce qui s'était passé dans leur boîte de nuit à Tijuana et alors que les fils de Samosa se trouvaient dans le ranch. Paolo aurait bien descendu le type sur la plage, mais les ordres de Roberto Murillo avaient été des plus clairs : plus de tuerie devant les gamins.

La confiance totale qu'éprouvait le chef de la sécurité des Murillo n'était pas seulement due aux drogues qui circulaient dans ses veines, mais à la certitude d'avoir tous les atouts de son côté. Ses hommes, comme lui-même, disposaient d'armes automatiques, et ils avaient déjà accompli plusieurs fois le même genre de boulot au même endroit. Avec succès.

Rien ni personne ne pourrait sauver la peau de ce gringo.

Levant le canon de son Uzi, qu'il tenait dans sa main droite tout en manœuvrant le Radon de la gauche, il lança vers les rochers qui les entouraient :

— Hé, mec ! On va te baiser la gueule !

L'Exécuteur ignora la provocation pour se concentrer sur le bruit du moteur. Il savait que lorsque le Radon approcherait du premier virage, le type qui pilotait aurait besoin de ses deux mains pour manœuvrer. Le virage était très abrupt, et le boyau se faisait ensuite plus étroit. Les deux autres flingueurs, eux, seraient occupés à anticiper ce qui les attendait après le tournant. Pas ce qui était juste derrière eux.

Quand le moteur fit entendre une baisse de puissance, Bolan poussa sur ses pieds et passa la tête juste au-dessus du rocher qui le dissimulait. La scène, au-dessous de lui, était exactement telle qu'il l'avait visualisée. Deux types derrière le pare-brise du bateau, le pilote à la barre et un flingueur armé d'un M-16 sur le plat-bord. Le deuxième flingueur était à l'avant, lui aussi prêt à tirer sur tout ce qui apparaîtrait devant eux aussitôt qu'ils auraient viré. Pendant un instant, leurs arrières se trouvèrent sans défense.

Et cet instant était tout ce qu'il fallait à l'Exécuteur.

La culasse du MAC-10 cliqueta frénétiquement alors que le canon crachait ses projectiles de mort. Le flingueur sur le plat-bord se tordit en tout sens, les bras écartés, son M-16 s'envola de ses mains. Le doigt bloqué sur la détente, Bolan traça une ligne de feu sur le tableau de bord, à travers le pare-brise et sur le type perché à l'avant. Projeté à l'extrémité de la proue, le flingueur tomba sur ses mains et ses genoux, puis s'écroula sur le ventre.

Le pilote du bateau avait agrippé un pistolet-mitrailleur posé sur le tableau de bord. Mais, avant qu'il ait pu se tourner et s'en servir, Bolan lui expédia une demi-douzaine de balles 9 mm en plein torse. D'abord épinglé contre le volant par les impacts, il partit ensuite vers l'avant et s'écrasa sur le pont, où il fut agité par des râles d'agonie.

Le nuage de cordite qui environnait Bolan se dissipa lentement. Alors qu'il larguait le chargeur vide et le remplaçait par un autre, il garda les yeux fixés sur le bateau. Privé de pilote, le Radon avança lentement, jusqu'à ce que la proue heurte le mur de rochers qui se dressait devant lui. Après quelques secondes, les gémissements cessèrent et les trois hommes restèrent figés dans une immobilité totale.

L'Exécuteur ôta ses chaussures et ses chaussettes, fit de même avec son harnais, avant de poser le MAC-10. Prenant en main son poignard SEAL-2000, il sauta sur l'avant du bateau.

Il eut vite fait de constater que ses trois occupants étaient en route vers l'enfer et alla se poster à la barre pour, en marche arrière, regagner l'entrée du goulet. Il surveillait le sondeur sous-marin, sur le tableau de bord, et, quand le fond se trouva à soixante pieds, il mit au point mort et chercha la direction du vent. Il n'y en avait pratiquement pas. Et très peu de courant. Il coupa le moteur.

Le Guerrier souleva la trappe donnant accès à la machinerie et, levant les protections, ouvrit les bouchons de vidange. Deux jets d'eau se formèrent immédiatement. Il remonta pour, un par un, descendre les trois cadavres dans le compartiment.

Lorsqu'il eut trimballé le dernier corps, l'eau de mer avait déjà recouvert une bonne partie du moteur et les flingueurs flottaient à la surface. Bolan repoussa le battant, assez pour fermer le loquet, mais pas trop pour laisser le panneau légèrement entrebâillé.

Il ouvrit ensuite le panneau qui donnait sur la cale, récupéra le M-16 qui se trouvait à l'avant, le pointa sur l'ouverture et vida tout le chargeur, trente cartouches, dans la coque. Des fragments de fibre de verre giclèrent de tous les côtés. Quand la fumée se dissipa, le Guerrier vit l'eau s'engouffrer, et, presque aussitôt, l'avant commença de s'enfoncer dans l'eau.

Il attendit quelques instants, puis plongea. L'eau était chaude et très salée, idéale pour nager sans effort. Il jeta un regard vers l'arrière, vit le Radon disparaître dans un puissant sifflement. Si les Murillo envoyaient d'autres troupes pour chercher le bateau et ses occupants, ils ne trouveraient rien ici.

Il y avait une chose que Bolan voulait éviter à tout prix, c'était de dévoiler son jeu aussi tôt dans la journée. Ses projets consistaient à arriver au ranch au coucher du soleil et utiliser la lumière déclinante pour faire son entrée. A présent, il ne pouvait plus se permettre d'attendre jusque-là. Dans une heure, quand l'équipage du Radon ne se montrerait pas, on allait hisser le pavillon, et le ranch serait en état d'alerte maximum. Et, dans le pire des cas, les Murillo s'envoleraient avec les enfants de Yovana Ortiz. Un scénario que Bolan devait tout faire pour empêcher.

Ayant regagné le Panga, il continua au ralenti sa progression dans le petit chenal d'éboulis jusqu'à ce qu'il ne puisse vraiment plus avancer. Alors, il coupa le moteur. Près de la terre, la température de l'air faisait un bond de cinq ou six degrés.

Le Guerrier ouvrit son sac et prit à l'intérieur ce dont il aurait besoin. Pour un raid en plein jour, il lui fallait un treillis et des bottes de camouflage pour le désert, ainsi qu'un maquillage facial anti-reflet. Après avoir changé de vêtements, il assembla le fusil M-89, lui adjoignit une lunette Leupold Ultra M-3 et un silencieux Arconus spécialement créé pour cette arme. La lunette, la crosse et le canon étaient tous les trois enveloppés dans du ruban adhésif marron. Il s'assura que le chargeur de dix cartouches était plein, avant d'examiner le reste de son arsenal. Entre l'Ingram, le M-89, le Beretta 93-R, les chargeurs pleins, le harnais en pleine charge et une bouteille d'eau, il portait pas moins de quarante kilos.

Avant de se lancer dans l'ascension de la colline, il consulta sa montre pour se donner un top départ, puis il se mit en route.

Il marchait depuis environ une heure en contrebas de la crête de la colline quand il aperçut un bateau, un Panga, qui longeait la côte à grande vitesse.

Le Guerrier avait suivi jusque-là un itinéraire difficile, qui l'avait obligé à puiser dans ses réserves. La chaleur, accablante, amplifiait l'effort que constituait chaque mouvement. Ses vêtements ruisselaient de sueur. Personne ne passait jamais là. Pour circuler dans ce coin, il était mille fois plus aisé d'utiliser un bateau.

Il alla se poster sur le versant de la colline qui ne donnait pas sur la mer et mit un genou en terre. Il ne tenait pas à ce qu'on aperçoive sa silhouette se découpant sur le ciel sans nuage. Sachant qu'un simple reflet pouvait le trahir, il n'utilisa pas non plus la lunette de son fusil.

Il demeura ainsi un moment, suivant du regard le bateau qui venait dans sa direction. Il aurait très bien pu s'agir d'un bateau de pêcheur venu jeter ses lignes ou ses filets dans les récifs côtiers du coin, mais ça n'était pas le cas.

Lorsque le Panga se trouva pratiquement en dessous de lui, Bolan put voir les quatre hommes qui se trouvaient à bord. Ils n'avaient rien de pêcheurs — ou bien ils pratiquaient une pêche assez spéciale avec leurs holsters d'épaule et leurs fusils d'assaut.

A l'évidence, les flingueurs qui lui avaient donné la chasse à bord du Radon avaient déjà été portés manquants. L'Exécuteur se rappela qu'il y avait une radio V.H.F. à bord. Sans doute avait-on essayé de les joindre, sans résultat, évidemment. Le Panga allait suivre la côte jusqu'à Mulegé, soit encore plus de vingt kilomètres, avant que ses occupants décident que quelque chose ne tournait pas rond et fassent demi-tour.

A ce moment-là, le show aurait déjà pris fin. D'une manière ou d'une autre.

CHAPITRE X

Hal Brognola descendit la longue volée de marches, les bras chargés d'un plateau de nourriture et de boissons. « Quel endroit déprimant ! » pensa-t-il. Des tunnels de béton brut du sol au plafond, sans le moindre habillage. Des ampoules nues jetant une lumière blafarde et glauque. De la part d'un chef d'Etat multimilliardaire, on aurait pu s'attendre à mieux, même pour un bunker.

Au-dessus de ce sinistre réseau souterrain, le soleil s'était levé depuis longtemps. Cela faisait presque quatre heures que Jack Grimaldi avait fait son dernier rapport, et il venait juste de lui confirmer qu'il avait laissé Bolan sur la plage sud de Loreto. Mais les ennuis avaient commencé beaucoup plus tôt.

En ne voyant pas venir ses enfants, Yovana Ortiz avait sommé Brognola de lui dire ce qui s'était réellement passé. Il avait alors compris qu'il n'était plus question de tourner autour du pot. La jeune femme avait fait une scène terrible en apprenant que ses enfants ne se trouvaient pas sur le territoire américain ou sous la protection du F.B.I., mais aux mains des frères Murillo. Il avait fallu l'intervention de deux fédéraux pour l'empêcher d'arracher les yeux à Brognola.

Celui-ci avait fait ce qui lui semblait la seule chose raisonnable : il avait enfermé Ortiz dans la pièce et l'avait laissée seule. Durant les premières minutes de cet isolement de deux heures, elle avait détruit l'écran de télé et le magnétoscope qui s'y trouvaient à l'aide d'une chaise. A présent, le moment était venu de rétablir le contact. Il espérait qu'elle s'était épuisée et calmée. Au cas où ce ne serait pas le cas, il pénétra dans la pièce, accompagné d'un de ses agents.

Ils la trouvèrent assise dans l'unique fauteuil, le visage ravagé par les larmes, le mascara délavé lui faisant un visage de clown triste, mais visiblement revenue à de meilleurs sentiments.

Quel choix avait-elle, après tout, sinon de leur accorder sa confiance ? D'une certaine façon, elle était leur prisonnière, environnée de gardes armés. Et même s'ils lui rendaient sa liberté, elle n'avait aucun moyen de récupérer ses enfants par elle-même. Et si jamais elle y parvenait, d'une manière ou d'une autre, combien de temps faudrait-il aux tueurs des Murillo pour la retrouver et terminer le travail qu'ils avaient commencé ? Son unique espoir, pour ses fils et pour elle-même, était le fédéral et ce qu'il avait à lui offrir.

Elle le savait, et, à présent, l'avait accepté. Il le découvrit dès le premier regard.

— Vous avez des nouvelles ? demanda-t-elle.

— Non, rien de nouveau. C'est trop tôt.

— Où ont-ils emmené mes enfants ?

— Au ranch de San Bartolomeo. Notre équipe d'extraction est en place. J'espère avoir des nouvelles dans les deux prochaines heures.

— Votre homme, celui au regard de banquise...

Cette description lapidaire de l'Exécuteur fit sourire Hal Brognola.

— Eh bien ?

— C'est lui qui dirige cette équipe ?

— Oui. S'il y a une personne capable de mener à bien cette mission, c'est lui.

— Je connais le ranch, reprit la jeune femme, c'est une forteresse. Il y a beaucoup d'hommes sur place et qui n'hésiteront pas à tirer. En plus, si les Murillo se rendent compte qu'on les attaque, ils feront du mal à mes enfants.

— Je ne le pense pas. Mais, de toute façon, l'affaire sera terminée avant qu'ils se rendent compte de ce qui se passe. Notre homme ne fait pas de prisonniers.

— Je veux bien le croire, j'ai vu de quoi il est capable. Mais le rapport de force ne sera pas le même à San Bartolomeo. Il se retrouvera à un contre trente. S'il ne réussit pas, si je ne retrouve pas mes enfants, je ne vous donnerai rien. Vous m'avez compris ? Rien. Pas de bandes, pas de témoignage. Rien.

Le numéro Un du *Justice Department* lui renvoya un sourire qui se voulait rassurant et poussa le plateau de nourriture sur la table de conférences.

— Vous devriez manger quelque chose, lui dit-il. Vous avez besoin de refaire vos forces.

Tandis qu'elle prenait un verre de limonade et buvait un peu de liquide à la paille, Brognola l'observa. Il n'aurait su dire si elle avait joué, jusque-là, mais il avait la quasi-certitude qu'à présent elle ne jouait plus. Chacun à sa manière, ils étaient pris dans les mailles du même filet, condamnés à attendre que tout se termine, bien ou mal. Et ils n'avaient aucun contrôle sur la conclusion des événements en cours.

— J'aime mes enfants, dit soudain la jeune femme. Je les aime plus que ma propre vie.

— Je comprends.

Une fois de plus, le fédéral eut envie de lui demander comment elle s'était laissé embarquer dans tout ça. Mais les mots ne franchirent pas ses lèvres. Elle continuerait de rester une énigme.

Il jeta un coup d'œil à l'équipement électronique qu'elle avait détruit. Elle l'avait vraiment massacré — sans offrir la moindre excuse. Yovana Ortiz était habituée à faire ce qui lui plaisait quand ça lui plaisait. Jusqu'à aujourd'hui…

Elle posa le verre sur la table et le fixa durant un long moment.

— Il faut que vous sachiez autre chose, dit-elle. Je me rends compte que vos hommes risquent leur vie pour mes enfants et pour moi. Je ne voudrais pas que vous pensiez que je suis ingrate, sans reconnaissance pour leurs efforts, ou pour les vôtres. Mais... j'ai tellement peur qu'un drame n'arrive. Je crois que je n'ai jamais eu aussi peur de ma vie. Vous comprenez ?

Brognola fut surpris, déconcerté, même. La dernière chose qu'il attendait de cette femme, c'était de la gratitude ou de l'humilité. Il parvint toutefois à masquer son étonnement.

— Je comprends parfaitement, dit-il.

Mais il prit dans sa poche le tube de comprimés qui s'y trouvait et en avala un. Ce ne serait pas encore aujourd'hui que son ulcère à l'estomac le laisserait en paix…

CHAPITRE XI

Les difficultés du terrain empêchaient Bolan d'avoir une progression régulière. De colline en vallon, il devait durement solliciter ses jambes. Il avait dépassé le stade de l'effort, ce point après lequel il savait pouvoir continuer sa course pendant des heures, comme un marathonien. Entre cette intense dépense physique et le soleil qui continuait de chauffer la terre à blanc, il transpirait abondamment et, même en se rationnant, il n'eut bientôt plus rien à boire.

Quand la soif se fit trop fortement sentir, il ramassa un petit caillou plat, qu'il essuya avant de le mettre dans sa bouche. Le sucer le fit saliver, résolvant pour un temps son problème.

Pour la troisième fois depuis son départ, il s'agenouilla dans l'ombre relative d'un grand cactus et déclippa de son harnais l'unité G.P.S. miniaturisée fonctionnant sur batterie, afin de vérifier sa position. A en croire les informations relayées par satellite, sa latitude et sa longitude actuelles mettaient le ranch quelque part derrière la colline suivante.

Le soleil était presque à la verticale lorsqu'il se lança dans sa dernière ascension. La pente était si escarpée qu'il dut effectuer toute une série de zigzags et traverser avec peine des ravines éboulées. Alors qu'il approchait du sommet, il descendit son fusil de son épaule, s'agenouilla, franchissant les derniers mètres en rampant sur le ventre.

D'où il se trouvait maintenant, il avait une vue imprenable sur l'arrière du ranch des Murillo, le mur en stuc qui le délimitait et, plus loin, la ligne argentée d'une clôture en acier et l'arche du portail principal. Si le mur en adobe encerclait la villa, la clôture ne faisait pas le tour complet de la propriété. Elle était interrompue à la hauteur de la piste d'atterrissage. Dans le lointain, il entendait la rumeur de moteurs.

Dans une de ses poches de pantalon, il récupéra une paire de jumelles miniatures Zeiss. Prenant garde à la position du soleil et à la possibilité de se faire repérer par un reflet, il étudia ce qui serait sa prochaine zone de combat. L'hacienda, une bâtisse de trois niveaux, très étendue, avait les proportions d'un hôtel de luxe. Elle avait été bâtie dans le style Vieux Mexique — avec, au niveau du plafond de chaque étage, des rangées de poutres de bois qui faisaient saillie le long du mur extérieur en adobe. Une avancée au toit de palmes protégeait tout l'arrière du rez-de-chaussée. Les pièces du second étage donnaient sur une série de balcons en retrait, avec des auvents en palme tressée.

Sur le toit en terrasse du bâtiment, dans l'angle opposé à une immense antenne parabolique, se trouvait un petit abri sans mur, avec juste un toit de palmes. Bolan se concentra dessus, réglant ses jumelles pour observer le maximum de détails. Au bout d'un moment, il distingua à l'intérieur les silhouettes de deux hommes. Deux types armés de fusils, essayant de trouver un peu d'ombre, et qui, d'où ils se trouvaient, jouissaient d'un angle de tir de trois cent soixante degrés.

A environ cent cinquante mètres sur la droite du ranch, sur la piste goudronnée assez longue pour faire atterrir et décoller un petit jet, il n'y avait qu'un Cessna monomoteur rangé à côté de la piste. Près d'un hangar, Bolan aperçut un autre abri au toit de palmes. Là, bien à l'ombre, il compta dix rangées de fûts de kérosène de deux cents litres, bleu vif. Plus près du ranch, contigu au mur de stuc qui l'entourait, il y avait aussi un garage ouvert, dans lequel s'alignaient un certain nombre de véhicules.

Il n'y avait pas de gardes à pied à l'extérieur, ni qui que ce soit d'ailleurs. Il faisait bien trop chaud.

Tandis qu'il continuait de scruter la zone, le bruit de moteur se fit de plus en plus proche. Bolan tourna les jumelles vers sa source : un véhicule tout-terrain à trois roues surgissait d'un arroyo lointain, soulevant un nuage de poussière, et roulait sur le plateau en direction du ranch. Deux autres véhicules du même type suivaient, que Bolan ne pouvait pas voir, mais dont il distinguait le sillage de poussière.

Levant de nouveau ses jumelles, il vit que le chauffeur du véhicule de tête avait un chapeau à large bord, des gants et des lunettes de soleil. Il avait un fusil M-16 passé à son épaule droite, un talkie-walkie clippé à son volant et une glacière fixée derrière son siège.

Presque au même moment, les autres tout-terrain apparurent sur l'arête d'une petite colline. Distants d'une trentaine de mètres, ils s'écartèrent l'un de l'autre en décrivant un grand arc, pour se diriger vers le ranch en venant de directions opposées.

Bolan ne bougea pas et observa les sentinelles mobiles pour s'assurer que leur route était régulière, prévisible et non aléatoire. Aux traces laissées dans la végétation rare, il put constater que, s'il y avait de légères variations, celles-ci étaient uniquement dues au terrain irrégulier. Les véhicules roulaient à vitesse modérée, un peu plus de trente kilomètres à l'heure.

Le boulot de ces types, déjà fastidieux en lui-même, devenait carrément pénible sous une chaleur de plomb et dans une atmosphère de sable et de poussière à peine respirable.

En arrivant sur le territoire du ranch, le type au grand chapeau s'arrêta à côté du hangar situé au bout de la piste d'atterrissage, sous un toit de palmes. Bien à l'ombre, l'homme posa son fusil d'assaut, descendit la fermeture à glissière de son pantalon et commença de se soulager.

L'angle était excellent. La ligne de feu sans le moindre obstacle.

Bolan épaula le fusil M-89. Regardant par-dessus la lunette, il vit l'autre véhicule passer l'ouverture qui se trouvait dans le mur de gauche et commencer son tour du périmètre intérieur. Le mur et le ranch empêchaient le conducteur de voir ce qui se passait du côté du hangar. Et, avec le vrombissement de son moteur, il n'entendrait pas la faible détonation. Quant à la troisième sentinelle, elle se dirigeait comme prévu dans la direction opposée.

L'Exécuteur cracha le caillou qu'il suçotait, cala la crosse de son fusil contre son épaule, repoussa le cache de la lunette télescopique et dégagea le cran de sûreté.

Le vent était pratiquement nul, l'air était sec.

Le réducteur de son si particulier de son arme permettait de disperser au lieu d'étouffer le craquement de la détonation, ce qui mettait ses cibles dans l'impossibilité de localiser la source du coup de feu. Il enfonça un peu plus la crosse du fusil dans son épaule et visa.

Le chauffeur avait fini de se soulager contre un tonneau et il était en train de remonter sa fermeture Eclair quand l'Exécuteur, qui avait le doigt posé sur la détente, appuya doucement. Le gros fusil sursauta, lui rentra durement dans l'épaule. Aussitôt, il actionna le levier de culasse, faisant pénétrer la cartouche suivante dans la chambre.

Dans sa lunette, il observa le chauffeur qui tournoyait brusquement et allait heurter un des piliers de l'abri avant de s'effondrer. A la façon dont ses bras s'étaient écartés de son buste, le Guerrier sut qu'il avait réussi un tir en plein torse. Le pourri disparut de son champ de vision, à l'exception des semelles de ses bottes, qui dépassaient de la rangée de fûts de kérosène.

Bolan dirigea alors sa mire vers le toit de l'hacienda.

En entendant la détonation sourde, l'un des flingueurs postés là-haut s'était aussitôt précipité vers le bord du toit. Sauf qu'il regardait du mauvais côté. Se détachant sur la lueur aveuglante du soleil, le soldat monta une grosse paire de jumelles à ses yeux. Il ne semblait pas particulièrement affolé par le coup de feu qui, atténué par le réducteur de son, semblait venir de très loin : on devait entendre de temps à autre de puissantes détonations dans cette direction — des chasseurs de gros gibier, pour la plupart de riches gringos, s'aventuraient sans doute parfois jusque dans ce coin désolé.

L'Exécuteur attendit que l'autre garde sorte de l'ombre, son fusil à la main, et vienne rejoindre son copain. Lorsqu'ils furent côte à côte, Bolan pressa la détente. Le fusil rua contre son épaule. Une demi-seconde plus tard, le type aux jumelles s'effondrait et basculait derrière le rebord du toit.

L'autre garde resta sur place, son fusil à la main, figé par le choc et l'incrédulité. Et, avant que l'idée de bouger lui vienne, Bolan expédia un autre projectile mortel. Un halo rosâtre se forma au-dessus de la tête de l'homme, miroitant au soleil, restant accroché en l'air une seconde ou deux alors que le cadavre du flingueur disparaissait à son tour.

L'Exécuteur remit aussitôt en place les caches de la lunette.

Derrière le mur du ranch, le deuxième véhicule tout-terrain continuait sa ronde et n'avait pas ralenti son allure.

Soulevant de nouveau ses jumelles, Bolan scruta les balcons-terrasses des deux étages. Avec la luminosité du soleil, l'auvent en palmes et les porches renfoncés, l'intérieur plongé dans l'ombre était impénétrable. Il reporta son attention sur les véhicules tout-terrain. A la manière dont ils évoluaient, le Guerrier eut le sentiment que l'endroit n'était pas en état d'alerte maximale, loin s'en fallait.

Visiblement, les Murillo ne s'inquiétaient pas trop du grand Américain qui s'était échoué quelques instants dans leur crique... à moins que leurs soldats ne leur aient pas encore passé l'info.

L'Exécuteur avait pourtant déjà neutralisé six de leurs hommes, et les hostilités n'avaient toujours pas vraiment commencé.

Bolan passa le fusil en bandoulière et courut sur la crête de la colline. Il franchit vingt mètres de terrain difficile, avant de sauter dans une ravine qui descendait, mais allait vers l'ouest et non droit sur le ranch. Le sillon, assez large, faisait à peine plus d'un mètre cinquante de profondeur et il dut courir penché en avant, se tassant autant que possible. Le couloir s'élargit encore lorsqu'il atteignit le bas de la colline, se transformant en arroyo. L'Exécuteur suivit le sentier de sable jusqu'à ce qu'il se trouve du côté le plus éloigné de la piste menant au ranch.

Là, il s'arrêta et écouta. La rumeur des véhicules était brouillée. Il lui était impossible de dire quelles directions ils avaient prises. Mais il n'avait pas le temps d'attendre pour voir. Il devait pénétrer dans le ranch avant qu'on ait découvert le corps des deux hommes qu'il avait abattus sur le toit.

Il sortit de l'arroyo et traversa en courant une large bande de terrain à découvert, tâchant de garder le hangar entre le ranch et lui. Lorsqu'il atteignit l'arrière du hangar, il s'élança vers le coin le plus proche du dépôt de carburant. Regardant par-dessus l'alignement des fûts, il vit le véhicule tout-terrain stationné et le conducteur allongé face contre terre. Des voix en espagnol jaillissaient du talkie-walkie fixé au volant du véhicule.

Au même moment, Bolan s'avisa que, de l'autre côté du hangar, la rumeur des moteurs avait considérablement enflé. La grande double porte était entrouverte : il se glissa à l'intérieur pour découvrir que ce n'était pas simplement un hangar. Plutôt un point de stockage, un entrepôt plein de balles de marijuana pré-conditionnée et de blocs de cocaïne et d'héroïne emballés.

Un des véhicules s'arrêta à l'extérieur du hangar, dans un grincement de freins. Bolan ne pouvait pas se permettre de laisser le chauffeur trouver son copain. Dès que le pourri eut coupé son moteur, le Guerrier franchit la porte, son Beretta en main.

Le flingueur, qui portait une casquette et un foulard glissé dessous à la manière des légionnaires, pour se protéger les oreilles et la nuque, descendait de son véhicule. Bolan le surprit alors qu'il n'avait qu'un pied à terre. Son M-16 était encore suspendu à son épaule.

L'Exécuteur pressa la détente du Beretta, remontant du torse au visage de son ennemi. Il avançait toujours quand l'autre commença de s'écrouler, et, lorsqu'il toucha terre, Bolan contournait le véhicule par l'avant.

Tout en se dirigeant vers les barils de kérosène, il décrocha de son harnais de combat une petite pochette de Nylon à l'intérieur de laquelle se trouvait du C-4 et tout ce qu'il fallait pour déclencher une belle explosion. Il coinça le tout entre deux barils, puis dégaina son poignard SEAL et s'agenouilla. D'un seul coup violent, il perça un des fûts à sa base. Dès qu'il fit sortir la lame, le kérosène commença de se déverser lentement dans le sable. Il ne faudrait qu'une dizaine de minutes pour que l'endroit soit saturé de carburant.

Après avoir essuyé la lame sur son pantalon, il remit le poignard dans sa gaine, puis s'élança à terrain découvert, vers les marques de signalisation tracées sur la piste, à son extrémité. Il traversa le tarmac, laissa sur sa droite deux manches à air en lambeaux qui pendouillaient lamentablement. Passer par là n'était en rien un coup de folie. C'était le seul passage ouvert sur la clôture métallique, et le côté de l'hacienda qui lui faisait face était presque aveugle. Quant aux flingueurs postés sur le toit, ils n'étaient plus en état de donner l'alerte.

Il termina sa course sous l'auvent pour voitures. Dans l'immédiat, il était totalement invisible depuis le ranch. Il fit descendre le fusil M-89 de son épaule et le posa contre le mur. Le Beretta et le MAC-10 seraient beaucoup plus efficaces pour le type de combat auquel il se préparait.

Bolan prit un moment pour examiner les différents véhicules rangés là. Il y avait trois camions, genre pick-up, ainsi qu'un gros tracteur, super puissant, visiblement utilisé pour les travaux du ranch. A côté, le Guerrier vit encore un véhicule militaire Humvee. Mais le capot était relevé, ce qui n'était pas très bon signe.

Il se dirigea alors vers les deux Chevrolet Suburban à quatre roues motrices. Ouvrant la portière de la première, d'une belle couleur vert émeraude, il trouva la clé sur le contact. Il la tourna, et le léger tintement d'un carillon se fit entendre. L'aiguille de la jauge d'essence indiquait que le réservoir d'essence était au trois quarts plein.

Cela ferait parfaitement l'affaire, songea Bolan en glissant la clé dans une de ses poches, avant de refermer la portière.

Il réunit son matériel et sortit en courant du garage, se dirigeant vers le sud en suivant l'extérieur du mur qui ceinturait le ranch. Il s'arrêta à l'angle ouest et écouta. La troisième sentinelle continuait sa ronde, visiblement loin de se douter du sort de ses deux copains. L'Exécuteur continua de longer le mur en courant jusqu'à ce qu'il parvienne à une des deux ouvertures pratiquées dans l'enceinte, celle qui faisait face à celle du ranch. Bolan comptait sur le fait que le garde se conformerait à sa routine et sortirait de l'enceinte pour rejoindre ses compagnons.

Soudain, le mugissement du véhicule tout-terrain se répercuta contre la façade du ranch. Bolan s'accroupit à la base du mur. Le son se rapprochait à mesure que la sentinelle roulait vers l'ouverture pratiquée dans le mur.

Pour tourner, le pourri devrait ralentir. Dès qu'il rétrograda, Bolan se leva, arme au poing.

A l'instant où le véhicule tourna l'angle de mur, le conducteur se trouva face au canon du Beretta 93-R. Il réagit aussitôt, instinctivement, en braquant à fond, pour éviter le Guerrier.

Mais celui-ci avait anticipé son mouvement. Bien campé sur ses jambes, il tira une rafale de trois ogives brûlantes. La tête du conducteur partit violemment sur le côté, ses doigts lâchèrent le volant et il tomba de son siège. Le moteur du véhicule crachota avant de caler.

Le silence qui suivit sembla assourdissant. L'Exécuteur prit une profonde inspiration. Il était temps de passer à l'étape suivante.

CHAPITRE XII

Ramon Murillo était assis sur une chaise pliante, devant une table en métal de la *cantina* délabrée, faisant tinter une poignée de longs clous de charpentier. Devant lui, étaient étalés les plans de la résidence de l'ancien président du Mexique et des rues avoisinantes.

— Tu te rends compte que c'est notre seule chance d'avoir cette salope ? lança-t-il à l'homme à la fine moustache assis de l'autre côté de la table. Si on se plante, ils la feront passer de l'autre côté de la frontière et ce sera foutu. Ce qu'il y a en jeu ici, c'est bien plus qu'une énorme somme d'argent.

Le soldat voyait exactement ce que son chef voulait dire. La cigarette à moitié consumée trembla entre ses doigts lorsqu'il la porta à ses lèvres.

Ramon Murillo avait travaillé dur pour cultiver sa réputation de fou dangereux. Le nom de guerre de son frère Roberto était symbolique : « le Fouet » était un instrument de pouvoir et de domination. « Tres Clavos » allait plus loin : il reflétait une réalité, c'était une carte de visite, une façon de prouver sans l'ombre d'un doute qu'il était plus redoutable et sanguinaire que n'importe qui. Il suffisait qu'on mentionne son nom pour que ses ennemis se mettent à trembler et à se pisser dessus.

A cause de la forte influence de l'église catholique au Mexique, la crucifixion avait une résonance toute particulière dans le pays. En plus d'infliger une terrible douleur, l'acte lui-même, en raison de son mythe, était une abomination, une insulte à Dieu lui-même. Et, au Mexique, un homme qui osait cracher à la face de Dieu était craint de tous.

Murillo ne suivait pas de rituel particulier. Il n'employait pas de pieux spéciaux — juste de grands clous standard qu'on pouvait trouver dans n'importe quelle quincaillerie. Et, en guise de marteau, il utilisait ce qui lui tombait sous la main — un gros morceau de pierre, un pied de chaise cassée, le talon de sa chaussure.

Il n'avait jamais crucifié quelqu'un sur une vraie croix. Il clouait ses victimes dans les endroits qui lui semblaient les plus spectaculaires : des portes de garages, un pan de mur. Et comme il fallait parfois plusieurs heures à une personne crucifiée pour mourir, il achevait toujours ses victimes d'une balle dans la tête. « Trois Clous » ne laissait aucun témoin de ses crimes.

— Qu'est-ce que tu as appris au sujet des Américains qui la détiennent ? demanda-t-il à l'homme assis en face de lui.

— Notre informateur de la D.E.A. n'a rien pu obtenir. Il dit que les types ne sont d'aucune agence légale. On a juste pu prendre au téléobjectif des photos de deux d'entre eux.

Il sortit deux tirages en noir et blanc d'une enveloppe et les passa à son patron.

On y voyait des types d'âge moyen aux cheveux courts, grands et athlétiques.

— La C.I.A. ? proposa Murillo.

— Notre informateur pense que non. C'est une unité de sécurité top niveau, indiqua encore le pourri en tapotant la photo du haut.

— Comment ça, top niveau ? Tu penses qu'ils ont monté une équipe spéciale, juste pour cette affaire ?

— C'est exactement ce que je pense. Et si c'est bien le cas, on va avoir toutes les peines du monde à enlever la femme, même après qu'ils auront quitté la propriété.

— Parle-moi un peu du dispositif.

— Les environs de la maison sont sous notre contrôle, expliqua le soldat. Nous pouvons bloquer toutes les voies de sorties avec des véhicules. Mais si nous nous attaquons à eux au sommet de la colline, il risque d'y avoir une sacrée fusillade et pas mal d'innocents tués.

Ça, Murillo s'en foutait.

— Tu veux dire qu'on risque de ne pas avoir le dessus en cas de fusillade ?

— Si c'est une équipe top niveau, leurs véhicules sont blindés, à l'épreuve des balles et des bombes, ils pourraient nous occuper assez longtemps pour permettre à des renforts d'arriver ou pour nous entraîner sur un leurre.

— Et la sortie du tunnel ?

— C'est notre meilleure chance, je crois. Personne n'est censé savoir qu'elle existe. Elle se trouve à peu près à la base de la colline. Elle est camouflée par des rochers et des broussailles et ressemble à une sortie d'égouts. Il y a une grosse porte d'acier à six mètres environ à l'intérieur du tunnel. Quiconque sort de là doit parcourir une bonne trentaine de mètres sans aucune protection avant de pouvoir rejoindre un véhicule. Et il y a pas mal de passage, dans le coin. L'extrémité du sentier donne sur l'arrière d'un marché en plein air.

— Il faut donc qu'on les oblige à utiliser la sortie du tunnel, dit Murillo. Tu peux faire le nécessaire ?

— Bien sûr. En organisant un assaut frontal de la propriété pour les pousser à changer leurs plans. Mais ça coûtera très cher. Certains de nos hommes seront abattus et il me faudra un peu de temps pour trouver la main-d'œuvre supplémentaire.

— Tu as une demi-heure.

L'homme savait qu'il valait mieux ne pas protester.

Pendant un instant, Murillo joua avec ses clous, les faisant rouler dans sa main.

— Je sais exactement comment l'assassinat doit se passer, dit-il soudain.

L'homme baissa les yeux, mais Murillo sourit et secoua la tête.

— Non, non, pas cette fois. Trouve-moi un kilo de plastic et un détonateur.

— Tu veux un système de commande à distance de la mise à feu ? A infrarouge ? De quelle portée as-tu besoin ?

— Pas besoin de commande à distance. Je veux que le C-4 soit relié à un détonateur basique avec un commutateur et à peu près trente centimètres de fil.

— Je ne comprends pas...

— Tu n'as pas à comprendre. Contente-toi de faire.

Ramon Murillo fit brusquement reculer sa chaise et se leva.

— Et fais-le vite, ajouta-t-il.

CHAPITRE XIII

En petite foulée, l'Exécuteur fit le tour du mur, jusqu'à la seconde ouverture. Il stoppa à l'abri des regards, s'assura que personne n'était sorti du ranch et ne circulait à l'intérieur de l'enceinte, puis s'élança vers le côté droit du bâtiment, tourna sur la gauche, vers l'entrée arrière. S'arrêtant le temps de retrouver un rythme cardiaque normal, il fixa le MAC-10 à la sangle passée autour de son cou et sortit un mini-grappin de son harnais, déroula la fine cordelette de Nylon à ses pieds. La seconde suivante, le grappin tournait au-dessus de sa tête et, dès que le crochet eut atterri avec un bruit étouffé sur le toit terrasse, le Guerrier tira sur le filin jusqu'à ce qu'il obtienne une prise solide. Alors, il commença de grimper à la force des mains. Arrivé au niveau du balcon du second étage, il plaqua ses pieds sur le mur pour se diriger vers la saillie. En quelques secondes, il se retrouva sur le balcon, l'Ingram déjà braqué.

A environ trois mètres de la balustrade, l'arrière du balcon était constitué de quatre grandes arches ouvertes sur toute sa longueur. Bolan s'avança vers la plus proche. Il lui fallut quelques secondes pour s'habituer à la pénombre. Une télévision ou une radio faisait entendre un son étouffé, mais tout proche. Le vaste balcon donnait sur un long couloir au sol carrelé desservant quatre portes.

L'Exécuteur traversa rapidement le couloir et s'adossa au mur opposé au balcon. Le bruit provenait de la pièce qui faisait l'angle. Cela ressemblait à la retransmission d'un match de base-ball. Il y avait aussi les bruits d'une conversation en espagnol.

Bolan n'avait pas la moindre idée du nombre de pourris qui se trouvaient derrière la porte. Mais qu'ils soient cinq ou vingt-cinq, cela avait peu d'importance : il franchirait la porte.

Soudain, des cris et des applaudissements se firent entendre tandis que le reporter commentait l'action avec enthousiasme. Mais, plus proche et plus audible, des sifflets et des grognements de protestations s'élevèrent dans la pièce. Les tueurs étaient visiblement du côté des perdants.

Bolan prit la poignée de la porte dans sa main gauche, et, d'un mouvement fluide et silencieux, il poussa le battant vers l'intérieur et franchit le seuil. Bien campé sur ses jambes, les genoux légèrement fléchis, il tenait son pistolet-mitrailleur à deux mains.

Si le son de la télévision continuait de se déverser dans la pièce, ses occupants, eux, s'étaient tus.

En une fraction de seconde, l'Exécuteur jaugea la situation. Quatre Mexicains étaient assis le long du mur qui se trouvait sur sa gauche, tous plongés dans un silence stupéfait. L'un d'eux était installé dans un siège à dossier réglable, et les trois autres sur un canapé, les pieds posés sur une table basse, avec chacun un bol de chips de maïs posé sur le ventre.

Sortant de la stupeur causée par l'irruption soudaine d'un homme au visage zébré de noir et pointant sur eux une arme de guerre, les soldats de Murillo cherchèrent dans un grand désordre à récupérer leurs flingues.

Le Guerrier pressa la détente du MAC-10 à réducteur de son et balaya la moitié de la pièce en rafalant à hauteur de torse. Les ogives brûlantes transpercèrent le type qui se trouvait dans le fauteuil, le clouant au dossier. Sur le canapé, le pourri qui se trouvait le plus près de lui avait à peine commencé de se redresser qu'il fut cueilli par une volée de balles en pleine poitrine, qui tracèrent un sillon mortel d'une aisselle à l'autre. Le visage tordu par une horrible grimace d'agonie, le tueur laissa échapper son bol de chips.

Les deux derniers soldats réussirent à se pencher en avant et à poser la main sur leur flingue, mais, au moment où ils se redressaient, les projectiles 9 mm de l'Ingram leur arrivèrent en plein visage. Leurs têtes partirent violemment en arrière, leurs boîtes crâniennes explosèrent, laissant échapper des fragments de matière cervicale sur le mur blanc qui se trouvait derrière eux et vers le ventilateur, au-dessus, qui arrosa les quatre murs et le plafond de gouttelettes rosâtres.

Tout cela ne prit qu'une seconde. Bolan n'ayant pas fait dans la dentelle avait utilisé trente cartouches. Un plein chargeur. Le sol était couvert de douilles, l'atmosphère noyée de fumée. Le Guerrier laissa tomber le chargeur vide et le remplaça aussitôt, faisant entrer une cartouche dans la chambre.

Sur un guéridon, à côté de la télévision, il aperçut une carafe d'eau. Du coup, son corps lui rappela à quel point il avait soif et besoin de se réhydrater. Posant le MAC-10 sur le guéridon, il ôta le bouchon de verre de la carafe et but à même celle-ci. L'eau était tiède, mais il s'en contenterait.

Il venait de finir de boire quand un type assez petit, avec un holster d'épaule passé sur son T-shirt gris, fit irruption dans la pièce.

— On gagne, les… ? demanda-t-il en espagnol.

La fin de sa question s'étrangla dans sa gorge. Les yeux du type s'écarquillèrent à mesure qu'il réalisait le carnage qui l'entourait. Il fit machinalement un pas en arrière et, tout en ouvrant la bouche pour appeler des renforts, il ferma la main sur la crosse du pistolet automatique suspendu sous son aisselle gauche.

L'Exécuteur ouvrit sa main droite et laissa tomber la carafe d'eau. Il ne chercha même pas à récupérer l'Ingram, sachant d'instinct qu'il n'en aurait pas le temps. En revanche, son Beretta jaillit de son holster de cuir un centième de seconde plus tôt que le Smith & Wesson de son adversaire et le duel s'arrêta là.

La balle de 9 mm traversa le crâne du pourri, puis alla briser un miroir accroché sur le mur. Le type s'écroula comme une marionnette dont on aurait sectionné les ficelles.

Sans perdre un instant, Bolan prit le flingueur par les pieds et le tira vers l'intérieur de la pièce. Le peu de bruit fait par les armes de l'Exécuteur, munies de réducteurs de son, avait été étouffé par le hurlement de la télévision. Il sortit dans le couloir et découvrit que le centre du bâtiment n'avait pas de toit et que chaque pièce communiquait avec un balcon intérieur donnant sur un patio, au-dessous.

L'Exécuteur s'approcha de la balustrade. L'eau bleutée d'une piscine était comme divisée en deux par l'ombre et la lumière. A l'autre bout du patio, il aperçut les enfants. Ils étaient assis sur les dalles blanches, leurs têtes rapprochées, et jouaient. De la musique salsa s'échappait d'un transistor posé sur une table basse, derrière eux, à côté d'une chaise longue. Celle-ci était en partie dans l'ombre, mais Bolan reconnut facilement son occupant : Roberto Murillo. Installés autour des tables du jardin et sur le rebord d'une fontaine, il y avait une douzaine de gardes armés. Leur calme montrait à l'évidence qu'ils n'étaient pas en état d'alerte.

Un mouvement, un étage plus bas et sur le balcon opposé, attira l'attention de Bolan. Levant légèrement les yeux, il aperçut un gros type aux cheveux noirs lissés vers l'arrière et retenus par un catogan. Pour l'effet de surprise, c'en était terminé ! L'autre vit lui aussi Bolan et réagit sur-le-champ. Il commença de sortir un SIG du holster qu'il avait à la hanche. Dans sa grosse paluche, le pistolet semi-automatique avait l'allure d'un jouet.

Mais, avant que le type ait pu lever son arme, Bolan s'était plaqué contre un des gros piliers du balcon et, tenant le Beretta à deux mains, il ne tira qu'une fois. La Black Talon traversa l'espace qui séparait les deux hommes et atteignit le pourri dans la partie supérieure du torse, juste sous la gorge.

Sous la violence de l'impact, le type tituba et son arme lui échappa. Celle-ci passa au-dessus de la balustrade, parut voler sur environ un mètre, avant de tomber en tournant lentement sur elle-même pour venir s'abîmer dans la partie la moins profonde de la piscine dans un plouf retentissant.

Autant pour la discrétion, pensa Bolan qui s'avança, positionna le sélecteur du MAC-10 en mode automatique et posa l'extrémité du réducteur de son sur la balustrade.

*
* *

Le rire résonnant à travers le patio fit tressaillir Roberto Murillo. Il n'aimait pas les gosses, et jouer les baby-sitters, même pour les enfants de son tout-puissant patron, n'était vraiment pas sa tasse de thé. Il fit monter le volume du transistor qui se trouvait à côté de lui, foudroyant du regard les deux garçons.

Au contraire de Ramon, Roberto n'avait jamais été capable de masquer le dégoût que lui inspiraient les enfants Ortiz, sans parler du luxe d'attention dont il fallait les entourer. Il était à peu près certain que ces moutards sentaient à quel point il ne les aimait pas, et qu'ils le lui rendaient bien. L'idée qu'il serait débarrassé de ces petits bâtards trop gâtés à la nuit tombée était la seule chose qui l'empêchait d'aller les étrangler sur-le-champ. Non... La chose qui le retenait était la façon dont Samosa réagirait en apprenant qu'il avait tué ses enfants et héritiers.

La tension de Roberto avait une autre source : il n'avait toujours pas de nouvelle du Radon, le gros hors-bord qu'il avait lancé à la poursuite du touriste trop curieux. Une demi-heure plus tôt, il avait reçu le dernier rapport du Panga qu'il avait envoyé à sa recherche. Ses hommes lui avaient fait savoir qu'ils étaient à l'entrée de Bahia Concepción, au sud de Mulegé, et qu'ils faisaient demi-tour sans avoir trouvé la moindre trace de l'un ou l'autre des bateaux.

Pour Murillo, la disparition de ses hommes n'avait aucun sens. A moins que Paolo et les autres aient été entraînés par l'étranger dans une embuscade, quelque part sur la côte. Mais cette possibilité suscitait plus de questions qu'elle n'en résolvait...

Qui était ce gus et où était-il passé ? Le Panga qu'il pilotait n'avait absolument aucune chance de distancer le Radon, beaucoup plus rapide... Décidément, quelle que soit la façon dont il examinait cette histoire, elle n'avait aucun sens. C'est au moment où il arrivait à cette conclusion qu'il entendit quelque chose tomber dans la piscine. Du coin de l'œil, il avait suivi l'objet tournoyant et qui, visiblement, chutait d'un balcon, sans comprendre de quoi il s'agissait.

— Qu'est-ce que c'est que ce truc ? demanda-t-il en se redressant.

Sa première pensée fut qu'il s'agissait d'une mouette ou d'un pélican, ou même d'un aigle de mer qui serait passé au-dessus du ranch et aurait laissé tomber quelque chose de son bec. Il était déjà arrivé que des mouettes laissent ainsi échapper des palourdes.

— Sortez cette cochonnerie de ma piscine ! ordonna-t-il.

Le soldat le plus proche se pencha pour regarder dans l'eau.

— C'est un pistolet, annonça-t-il, juste un peu surpris. Quelqu'un a laissé tomber un pistolet ?

Il leva la tête et regarda vers les étages. Au même centième de seconde, une volée de projectiles le transpercèrent, le poussant dans la piscine. Les bras écartés, l'homme fit un plouf retentissant, coula un instant, avant de remonter, face vers le ciel, dans un bouillonnement de sang s'échappant de ses blessures. Comme sa bouche, ses yeux étaient grands ouverts sur la mort.

Roberto Murillo se leva d'un bond. Sa première pensée fut de mettre les gamins à l'abri. Non pas qu'il s'en faisait pour eux, personnellement, mais parce qu'ils étaient des objets de valeur. Il attrapa donc Juanito et Pedro par le bras et les éjecta sans douceur du rectangle que le soleil inondait de lumière pour les cacher sous une table et un grand parasol, dans la partie ombrée du patio.

Quelqu'un avait-il réussi à transpercer les défenses du Ranch ? se demanda-t-il. C'était impossible ! Comment des hommes auraient-ils pu pénétrer les différentes strates de protection qu'il avait lui-même élaborées ? La clôture en acier, les véhicules tout-terrain ainsi que le mur d'enceinte étaient conçus pour retenir une force hostile assez longtemps pour mettre tout le ranch en état d'alerte !

Non, décidément ce n'était pas possible. Et pourtant, le cadavre qui flottait dans la piscine était une preuve flagrante du contraire. A ses hommes en déroute et qui cherchaient eux aussi à quitter le centre du patio pour s'abriter, il cria :

— Là-haut ! Toi, toi et toi. Vous les trouvez et vous les descendez !

Trois de ses hommes se précipitèrent vers l'escalier qui conduisait au premier étage. Quand ils atteignirent le palier, ils marquèrent une pause. Un des soldats passa la tête, scrutant les marches au-dessus de lui, puis se tourna vers les autres et leur fit signe que le passage était libre. Les trois hommes s'élancèrent vers le second étage, l'arme au poing.

Roberto Murillo ne vit pas les grenades flash stun dévaler les marches vers ses gardes, mais il entendit les hurlements de terreur une fraction de seconde avant les terribles détonations.

Une lumière blanche aveuglante jaillit de la cage d'escalier. L'explosion fut si violente, dans l'espace confiné, qu'elle fit trembler les cloisons du ranch et fit tomber une pluie de stuc des plafonds. Elle souffla littéralement les trois soldats hors de la cage d'escalier. Ils atterrirent sur le dos et s'agitèrent frénétiquement, tâchant de recouvrer leurs sens. Mais ils n'en eurent pas l'occasion : un torrent de balles, vomi par une arme automatique équipée d'un réducteur de son, leur tomba dessus depuis la porte de l'escalier, les immobilisant définitivement là où ils étaient tombés.

Un pistolet échappé des mains d'un des soldats glissa sur le marbre du patio et vint finir sa course contre les pieds de la table derrière laquelle Roberto Murillo se cachait. Il ramassa le Smith & Wesson.

— Combien sont-ils ? hurla-t-il en direction de ses troupes.

Mais personne ne lui répondit, parce que personne ne savait rien de cette attaque a priori impossible.

— Bougez vos culs, les mecs ! Allez voir là-haut ! ordonna Murillo.

Cinq des gardes se ruèrent vers l'entrée, et, chacun son tour, tirèrent furieusement vers le trou sombre de la cage d'escalier. Mais, quelques secondes plus tard, ils reculèrent aussi vite qu'ils étaient partis à l'assaut pour aller s'abriter sous des tables ou derrière des colonnes.

Deux grenades de forme cylindrique roulèrent alors sur les marches pour déboucher sur le sol du patio. Murillo détourna les yeux juste à temps pour éviter la lumière brillante. Presque simultanément, les deux grenades explosèrent dans un assourdissant claquement de tonnerre. L'onde de choc souffla les tables et fit exploser les baies vitrées du rez-de-chaussée.

Il fallut presque une minute pour que les oreilles de Murillo cessent de tinter. Alors, il entendit comme assourdis des chapelets de rafales et des cris provenant du premier étage. Les soldats au repos étaient enfin sortis de leur sieste ! Il était plus que temps !

Un instant plus tard, une nouvelle explosion, plus terrible encore que les autres, survint au-dessus de sa tête. Des fragments de métal sifflèrent, cliquetant sur les dalles du patio, les tables et les murs. Murillo, mort de trouille, aurait voulu pouvoir disparaître dans un trou de souris, mais il était paralysé, incapable de bouger. C'est alors qu'une section du balcon intérieur du premier étage s'écroula dans la partie la moins profonde de la piscine dans un bruit de tonnerre. Un nuage de poussière et de fumée s'échappa des décombres.

Il se tourna vers les hommes les plus proches de lui.

— Vous quatre ! lança-t-il en suffoquant à cause de la poussière, venez avec moi. Il faut sortir les enfants de Don Jorge d'ici.

Alors que la fusillade reprenait au-dessus de leurs têtes, ils se réfugièrent vers l'immense salon qui se trouvait à l'avant de l'hacienda. A chaque extrémité de la pièce, une porte ouvrait sur un escalier menant à l'étage. Murillo désigna un homme pour assurer la garde de chaque porte. Puis il poussa les deux garçons à l'intérieur de l'immense cheminée, là où ils seraient à l'abri des balles perdues.

Après ce qui sembla un temps interminable, la fusillade cessa au-dessus d'eux.

Et les secondes passèrent.

Un peu rassuré par le calme qui semblait s'éterniser, Roberto revint sur le seuil du salon, se servit de ses mains comme porte-voix et cria aux cinq hommes restés planqués derrière la fontaine du patio :

— Allez-y ! Montez vérifier que c'est terminé.

Il accompagna son ordre d'un geste impatient et, l'un après l'autre, les soldats disparurent dans la cage d'escalier.

Murillo jeta alors un coup d'œil vers les deux gamins blottis dans la cheminée. Juanito avait passé un bras protecteur autour des épaules de son jeune frère qui pleurait en silence.

Son regard glissa vers l'entrée principale du ranch. Les lourdes portes de bois étaient entrouvertes, mais il voulait absolument éviter d'avoir à passer par là, car, pour atteindre le périmètre du mur, et espérer s'abriter, il lui faudrait traverser une grande portion de terrain à découvert. Si l'ennemi n'avait pas été vaincu, s'ils avaient le contrôle des balcons, cette route était un vrai suicide.

Dans les étages, le silence s'éternisait, et, à chaque seconde qui passait, l'espoir de Murillo grandissait. Mais, à l'instant où il allait donner l'ordre aux soldats restés près de lui d'aider leurs copains à sécuriser la place, la fusillade reprit. Au-dessus de sa tête, un commando semblait cracher un incroyable torrent de balles. Ses troupes étaient peut-être en train de nettoyer le secteur ? Au moment où cette pensée rassurante lui venait, une explosion fit trembler le ranch sur ses fondations et des hurlements d'agonie se firent entendre.

Non, ce n'était pas fini, songea Murillo. Et le pire, c'était qu'il ne comprenait rien à ce qui venait de se passer et qu'il n'avait pas la moindre idée pour se sortir de ce merdier…

CHAPITRE XIV

Mack Bolan avait renoncé à établir un décompte des ennemis abattus depuis que la bataille faisait rage, mais il avait dans l'idée qu'entre les grenades et les projectiles que vomissait sans répit son MAC-10, le bilan devait être en sa faveur. Maintenant, il fallait en finir, et vite.

Il avait une priorité : gagner le rez-de-chaussée et empêcher Roberto Murillo de prendre la fuite avec les enfants. Mais, pour ça, il devait se débarrasser des derniers flingueurs qui se trouvaient encore dans les étages et lui interdisaient d'atteindre un des escaliers donnant accès dans le salon.

Alors que les balles couinaient dans le couloir où il se trouvait bloqué, l'Exécuteur fit une pause dans l'encadrement d'une porte. Il ouvrit une des poches de Nylon qui se trouvaient à sa ceinture et sortit une charge explosive prête à l'emploi, de la taille d'un petit poste de radio. Il programma un décompte de quarante-cinq secondes sur le minuteur et poussa le bouton d'armement. Les chiffres commençant de défiler sur le petit écran à cristaux liquides, il plaqua la charge juste à l'extérieur du jambage, près du sol, puis pénétra dans une chambre qu'il avait déjà inspectée, claqua la porte derrière lui et ferma le verrou.

Trente-cinq secondes.

L'Exécuteur venait de tendre un piège facile à l'ennemi, mais, dans la confusion de la bagarre, les autres devraient se laisser avoir. Il inséra un chargeur plein dans l'Ingram et vérifia en même temps son harnais. Il avait utilisé la moitié des munitions dont il disposait pour le pistolet-mitrailleur. Et il était loin d'en avoir terminé. Si son coup de bluff ne marchait pas, il serait très mal.

Mais en entendant des pas dans le couloir, il se rassura. Une voix de commandement se fit entendre :

— Le fumier est coincé dans la chambre ! Deux mecs par-derrière, les autres restent ici. On va donner l'assaut ! Cette fois il est foutu !

S'il s'aventurait sur le balcon, Bolan savait qu'il n'aurait pas d'autre choix que de sauter par-dessus la rambarde jusqu'au sol, qui se trouvait environ six mètres plus bas. Mais, ensuite, il n'aurait plus d'autre possibilité que de fuir, ce qui ne faisait pas du tout partie de ses projets. En revanche, il avait espéré cette manœuvre d'encerclement.

Quinze secondes.

De l'autre côté de la cloison qui séparait la pièce du couloir, des armes automatiques commencèrent de rafaler sans répit. Sous la pression des tirs conjugués, de gros morceaux de plâtre jaillirent, les tableaux tombèrent des clous auxquels ils étaient suspendus, des vases explosèrent, la petite table et ses deux chaises furent réduites en morceaux. Bolan, lui, eut juste le temps de se jeter au sol.

Les flingueurs de Murillo espéraient avoir de la chance et faire mouche en arrosant la pièce, mais ils étaient bien trop occupés pour remarquer la petite surprise que Bolan leur avait laissée à l'extérieur.

Quelqu'un hurla un ordre et la fusillade cessa. Alors qu'un pied heurtait violemment la porte, l'Exécuteur rampa vers le grand canapé qui se trouvait contre un des murs. Il se glissait derrière, les pieds les premiers, quand il vit que quelqu'un essayait d'ouvrir la porte vitrée du balcon.

Mais le compte à rebours était terminé.

Bolan plaqua ses mains contre ses oreilles, ferma les yeux, ouvrit la bouche et cria aussi fort que possible, tâchant ainsi de compenser la pression sur ses tympans et de pas ne devenir sourd.

Le C-4 explosa avec une telle force que le Guerrier perdit le contrôle de lui-même pendant l'espace d'un battement de cœur. L'onde de choc souleva le canapé du sol, poussant Bolan contre le mur. Les panneaux de gypse couvrant le mur se décollèrent et lui tombèrent dessus.

L'instant d'après, l'Exécuteur repoussait les gravats et jetait un regard prudent par-dessus le dossier du canapé, à travers le voile tourbillonnant de fumée et de plâtre. Il découvrit le désastre qu'il venait de provoquer : la porte coulissante et les baies vitrées, ainsi que les rideaux, avaient tout simplement disparu, comme la balustrade du balcon. La pièce était maintenant complètement ouverte sur l'extérieur. Des tas de débris, de poutres, de plaques de gypse déchiquetées bloquaient le couloir, mais la cloison et la porte de la chambre avaient littéralement été soufflées.

Durant de longues secondes, il régna un silence irréel. Bolan avait l'impression que l'intérieur de son crâne était bourré de coton. Il se redressa enfin et put constater l'ampleur des dégâts.

Les hommes restés dans le couloir étaient enterrés sous le plafond qui s'était effondré. Ici ou là, une main sanglante ou un pied émergeaient de sous les gravats. Les soldats qui se trouvaient sur le balcon avaient été balayés par la porte volante, emportés à travers la balustrade puis dans le vide.

Le silence pesant qui s'était installé jusque-là cessa soudain. Depuis le couloir, Bolan entendit des gémissements. Des gémissements qui se transformèrent bientôt en cris. L'Exécuteur fit passer son pistolet-mitrailleur dans sa main gauche, et, de sa main droite, dégagea les plaques de gypse et les poutres, découvrant le visage d'un des hommes de Murillo, couvert de plâtre et saignant abondamment d'une blessure au-dessus de l'oreille gauche.

Le mafieux cligna des yeux, et la gratitude qu'il avait fugitivement éprouvée se mua en stupeur quand il comprit qui était penché sur lui. Il ouvrit la bouche pour crier, mais Bolan secoua la tête dans un signe de dénégation qui suffit à supprimer toute velléité de réaction dans l'esprit de son vis-à-vis.

Une solive tombée du plafond bloquait la jambe du pourri. Bolan la dégagea puis, le canon de l'Ingram enfoncé dans la gorge du soldat de Murillo, il l'obligea à se lever.

Mis à part le sang qui lui coulait sur le visage, le type avait l'air à peu près en bon état.

Il le fit avancer devant lui dans le couloir saccagé, son arme dans les reins, et, quand ils arrivèrent à hauteur d'un coude vers la gauche conduisant à l'avant du bâtiment, Bolan poussa son prisonnier violemment vers l'avant. Rien ne se passa.

Continuant à utiliser le pourri mort de trouille comme bouclier, il l'obligea à s'engager dans la cage d'escalier. Là encore, il n'y eut aucune fusillade. En bas, la volée de marches était libre. Au-dessus d'eux, des cris et des appels se faisaient entendre : certains mafieux n'étaient pas morts, mais simplement coincés sous les gravats.

Bolan savait qu'il n'avait que très peu de temps devant lui et que le petit tueur ne resterait pas beaucoup plus longtemps paralysé par la peur, aussi prit-il le temps de lui rafraîchir la mémoire.

— Si tu déconnes, t'es mort, lui glissa-t-il en déclippant sa dernière Thunderflash du harnais. On va descendre. Tu vas prévenir tes copains que tu arrives. Dis-leur que vous avez tué les attaquants du ranch et que la situation est sous contrôle. Et tu as intérêt à être convaincant.

CHAPITRE XV

Les gringos de la crique de San Bartolomeo partageaient une philosophie commune. Ils croyaient tous que le *rythme* était la clé de toute soûlographie dans les formes. Cela impliquait de pouvoir supporter une consommation d'alcool importante et de l'étaler sur plusieurs heures. Grâce à leur entraînement et leur motivation, Chip, Edwards, Ryan et Carlson étaient capables de boire sans interruption du lever du jour jusqu'à 21 ou 22 heures, avant que leur discours commence à se faire indistinct. Et, peu après le moment où leur élocution devenait difficile, comme un mécanisme bien réglé, ils s'effondraient l'un après l'autre.

Leur régime quotidien commençait avec une tequila, prise cul-sec dès le lever du jour et suivie d'un petit déjeuner prolongé, arrosé à la bière Pacifico glacée. Environ six bouteilles vidées en trois ou quatre heures. Après ce premier repas en solitaire et une toilette sommaire, ils se retrouvaient, soit dans l'ombre de leurs porches soit dans celle des palmiers, et partageaient des cigarettes mexicaines, tout en sirotant dans des mugs calorifuges de la tequila Oso Negro presque gelée. Le déjeuner leur permettait d'écluser un autre pack de six bouteilles de Pacifico, qu'on faisait, là encore, durer plusieurs heures.

Quand Chip, Edwards, Ryan et Carlson entendirent la première détonation, ils étaient assis à l'ombre des palmiers, dans leurs chaises longues, et ils finissaient tout juste leur déjeuner. Ils avaient donc l'esprit parfaitement clair.

Chip tendit l'oreille vers le bruit et fronça les sourcils.

— Un fusil à longue portée, commenta-t-il, satisfait d'avoir émis cette analyse avant les autres.

Les coups de feu n'étaient pas chose particulièrement rare au ranch des Murillo. Les gardes et leurs patrons s'entraînaient souvent là-haut, sur le plateau. Et, à cette période de l'année, les gringos chasseurs de gros gibier de la Sierra Gigante venaient tirer les moutons de montagnes.

Il y avait de la sérénité, de la placidité dans la vie quotidienne des expatriés. Bien qu'ils soient de milieux très différents, que chacun boive pour des raisons différentes, le ranch était pour tous l'ultime refuge. Un monastère pour alcoolo. Un endroit où un homme pouvait vivre gratuitement et se soûler tous les soirs jusqu'à ce qu'il tombe.

Chip et Ryan étaient tous les deux d'anciens militaires. Le plus vieux avait ruiné sa santé au Viêt-nam et Ryan avait pété les plombs pendant la guerre du Golfe. Edwards était un ex-flic de Los Angeles qui avait perdu son badge à cause d'un goût trop prononcé pour l'alcool. Carlson, lui, avait tenu une boutique d'armes à Pacoima, en Californie, jusqu'à ce qu'un sale divorce lui coûte son magasin et le respect de lui-même. En l'espace de quelques mois, il était passé de buveur occasionnel au statut d'alcoolo à plein-temps.

Les quatre hommes avaient erré sans but au sud de la frontière avant de se retrouver à San Bartolomeo.

Aucun d'eux ne se souciait de l'argent. Ce qui était préférable, vu que les Murillo ne les payaient pas. Ils étaient nourris et logés gratuitement. Et, une fois par jour, une jeep descendait du ranch pour les approvisionner en bière et en tequila.

Ils savaient qui étaient les Murillo, d'où venait leur fortune, et ils s'en foutaient. Ils n'avaient aucune pudeur, aucune ambition et appréciaient de n'avoir rien à faire, et personne avec qui le faire, du moment que l'alcool continuait de couler à flot. Ils étaient seulement l'avant-garde des troupes des Murillo, les guetteurs improbables d'une guerre qui n'aurait jamais lieu.

Une deuxième détonation, puis une troisième, se succédèrent très vite. L'écho était confus, indistinct.

— D'où qu'ils viennent, ces tirs ? demanda Edwards en levant son mug. J'arrive pas à repérer.

— Plus haut dans la Sierra, affirma Ryan, péremptoire.

— Mais pas du tout ! protesta Chip. Ça vient du plateau, du ranch, là-haut.

— Moi je trouve tout ça plutôt bizarre, commenta Carlson sans plus d'enthousiasme que ça.

Il avait les yeux fermés, la tête renversée vers l'arrière et son mug tenait en équilibre sur son gros ventre.

Chip repoussa sa chaise. Ça faisait trop longtemps qu'il était assis dans la même position. Il marcha d'un pas raide vers la grosse brouette poussiéreuse sur laquelle était posée une glacière en plastique de deux cent vingt litres. Il souleva le couvercle et vit que la glace, à l'intérieur, avait fondu depuis un moment.

Les étiquettes jaune et rouge s'étaient décollées des bouteilles brunes immergées.

— Quelqu'un veut de la bière ?

Question idiote.

Un peu plus tard, une détonation beaucoup plus forte que les autres réveilla en sursaut le petit chien sans nom qui sommeillait à leurs pieds. Les oreilles tendues, il se tourna en direction du ranch et gémit doucement.

— Mais qu'est-ce que c'est que ce bordel ? demanda Carlson en se levant.

— On aurait dit une bombe, suggéra Edwards.

— Y'a pas de bombes là-haut, répliqua Ryan.

Ils se tournèrent tous vers Chip, qui fronçait les sourcils.

Avant que celui-ci ait pu livrer son avis sur la question, une fusillade éclata, qui n'avait rien à voir avec les petites séances d'entraînement que les Mexicains se permettaient de temps à autre. Cette fois, trop de flingues tiraient en même temps. Et cela durait, les rafales répondant sans répit aux rafales.

Au bord de la crique, le sniper en faction, un vrai soldat de Murillo, lui, s'était levé de sa planque et leur faisait de grands gestes de la main, désignant la plage. Le Panga parti une heure plus tôt venait d'accoster et déversait ses pourris.

— J'aime pas ça, dit Edwards en plissant les yeux à cause du soleil.

— On a de sacrés emmerdes, oui ! s'exclama Chip en se levant à son tour. Une putain de fusillade !

Les mots avaient à peine franchi ses lèvres que deux autres grenades explosèrent. Cette fois, le petit chien s'enfuit : la queue entre les jambes, il fila à travers les palmiers en direction de San Nicolas.

— Allons prendre notre matos ! lança Ryan. Je crois que nos vacances sont terminées ! Allez !

Chacun courut vers sa baraque respective. Au bout de quelques secondes, tous reparurent avec de gros fusils automatiques noirs et des sacs à dos bourrés de chargeurs. Chip prit leur tête, leur faisant signe de le suivre vers le fond de la crique. Leurs M-16 en bandoulière, ils lui emboîtèrent le pas afin de rejoindre la camionnette cabossée stationnée à l'ombre, à l'opposé de leur campement.

Bien qu'ils n'aient que quelques centaines de mètres à franchir, avec une très légère pente, le temps qu'ils arrivent ils avaient le visage écarlate — à cause de la chaleur torride, de leur soudain effort et, surtout, de tout l'alcool qu'ils avaient déjà ingurgité.

La fusillade faisait toujours rage dans le lointain quand Edwards et Ryan montèrent sur le plateau de la camionnette. Les soldats de Murillo s'y trouvaient déjà ainsi que le sniper. Chip prit le volant tandis que Carlson se glissait sur la banquette du côté passager.

— Vas-y, ma petite, vas-y, murmura le chauffeur en tournant la clé de contact.

Il accéléra comme un malade et passa la première. Quand il relâcha la pédale d'embrayage, les roues arrière patinèrent un instant dans la terre, avant d'accrocher. La camionnette fit un bond, puis s'élança en zigzaguant. Hurlant pour couvrir le rugissement du moteur, Chip lança par la fenêtre :

— Accrochez-vous, les gars, la chasse est ouverte !

CHAPITRE XVI

— Ça y est, on les a eus, patron ! lança une voix tremblante venant de l'escalier, depuis le premier étage. C'est moi, Raimundo. Raimundo Ortega. Ne tirez pas. Il y a des copains coincés sous les décombres, y faudrait aller les aider.

Un soulagement visible sur le visage, les hommes de Roberto Murillo se tournèrent vers leur patron, attendant les ordres.

Roberto n'éprouvait lui-même qu'un soulagement relatif. En lui, c'était la colère qui dominait. Il se tenait près de la porte voûtée qui menait dans le patio et il voyait sa belle piscine profanée par d'innombrables débris qui flottaient à la surface de l'eau. De la fumée en provenance des étages s'amassait sur sa belle pelouse, formant un brouillard grisâtre, tourbillonnant, qui piquait les yeux. Les salauds qui avaient détruit son magnifique ranch l'avaient fait en l'espace de quelques minutes et avec un incroyable sang-froid.

Même s'ils étaient tous morts, la victoire arrivait trop tard à son goût. Roberto Murillo n'était pas satisfait de la prestation de ses soldats. Vu la façon dont ils avaient été écrasés, il apparaissait que leur entraînement était totalement inadapté. Un entraînement qu'il avait pourtant lui-même supervisé et mis en œuvre jusque dans le moindre détail. Bien sûr, n'importe quel général savait que même l'entraînement le plus poussé ne ferait jamais un héros d'un lâche, mais les généraux avaient rarement le luxe de pouvoir sélectionner eux-mêmes leurs troupes — alors que Murillo, lui, l'avait fait. Ce qui le conduisait à la désagréable conclusion qu'il était, en partie au moins, responsable de ce qui venait de se passer.

Le tenant à deux mains, il leva le pistolet semi-automatique Smith & Wesson et visa le passage qui, de l'autre côté de la pièce, donnait sur l'escalier.

Il n'avait pas besoin d'ordre verbal ou de signe de la main : ses hommes suivraient son exemple. S'il ouvrait le feu sur le gus qui allait apparaître au bas des marches, ils feraient de même.

Murillo jeta un rapide regard par-dessus son épaule, vers les enfants recroquevillés dans le fond de la grande cheminée. Ils avaient les yeux baissés, la tête tournée vers le mur.

Alors qu'il se concentrait sur son cran de mire, Murillo se souvint de la première fois où il avait vu tuer un homme. Il devait avoir l'âge de Juanito. C'était une agression. Quatre contre un dans un terrain vague, près de la cabane délabrée dans laquelle Ramon et lui vivaient à cette époque. Ce qui l'avait surpris, c'était la puissance des coups que les assaillants portaient. Leurs couteaux s'abattaient dans le torse de l'homme sans défense, encore et encore.

C'était son oncle Tomas, qui avait été ainsi poignardé à mort. Il avait volé de la drogue à l'homme qu'il ne fallait pas. Pas une fois Roberto n'avait détourné les yeux...

Quelqu'un descendait l'escalier, lentement, prudemment.

— J'arrive, dit le nommé Raimundo.

La voix ne ressemblait pas vraiment à celle d'Ortega. Elle était si rauque qu'elle aurait pu appartenir à n'importe qui.

— Avance très lentement, lui ordonna Murillo.

En même temps, il tira vers l'arrière le chien du 9 mm.

— Garde l'autre escalier dans ton collimateur, grogna le chef mafieux par-dessus son épaule, à l'intention du garde qui surveillait l'autre volée de marches, au bout du grand salon. C'est peut-être un piège.

Le soldat hocha la tête et pointa son arme.

Des pieds apparurent juste en dessous du sommet de la voûte et au-dessus du guidon du pistolet de Murillo. Celui qui descendait, quel qu'il soit, ne portait pas de chaussures. Peu à peu, apparurent ses jambes et un pantalon poussiéreux, déchiré aux genoux.

— Continue d'avancer. Lentement ! cria Murillo.

Lorsqu'il vit les mains vides de l'homme, de part et d'autre de son corps, il lança encore :

— Pose les mains sur ta tête !

L'homme obéit et continua de descendre. Son visage apparut, pâle et ensanglanté. Son regard était empli de terreur.

— C'est Raimundo ! cria le garde qui se trouvait derrière le bar en abaissant son M-16. C'est bien Raimundo Ortega !

Ortega avait peur, il était absolument pétrifié de trouille. Pourtant, il venait d'être identifié par ses compagnons...

Roberto en déduisit que l'homme n'était pas effrayé par ce qu'il avait devant les yeux mais par ce qui se trouvait derrière lui. Avant qu'il ait pu avertir ses soldats, un petit objet noir rebondit sur les marches, entre les jambes d'Ortega et atterrit au bas de l'escalier en faisant entendre un sifflement.

Dans les deux secondes qu'il fallut à la Thunderflash pour exploser, Murillo tira à six reprises, aussi vite qu'il put presser la détente du Smith & Wesson, déchiquetant le torse de son propre soldat. Ce n'était pas tant pour faire payer à Ortega sa trahison que pour prévenir ceux qui se cachaient derrière lui. Un avertissement de ce qui les attendait : la mort.

La dernière chose que vit Roberto, ce fut les jambes d'Ortega qui se dérobaient. Et puis tout devint blanc.

Le chef mafieux ferma les yeux, crispant les paupières autant qu'il put. Mais l'éclat de la grenade était telle que cela n'eut aucun effet. Face à une telle lumière, les paupières n'offraient pas de protection. Murillo eut l'impression qu'on lui enfonçait des aiguilles dans les yeux. Il n'eut pas le loisir de s'attarder sur la sensation épouvantable qu'il éprouvait : une fraction de seconde plus tard, la violente déflagration le projetait contre le mur du passage voûté, avant de le jeter violemment au sol.

Aveuglé, n'entendant plus rien, Roberto Murillo avait encore assez de présence d'esprit pour savoir ce qui allait suivre : un assaut total sur des hommes sans défense, et qui seraient massacrés sans merci. Il leva son pistolet et ouvrit le feu, avec une idée très vague de l'endroit sur lequel il tirait. Ça n'avait pas trop d'importance. Ce qui importait, c'était de se défendre, d'une manière ou d'une autre. Il tira encore neuf fois, très vite, entendant à peine les détonations de son arme. Il pressa la détente jusqu'à ce que le percuteur de son pistolet claque dans le vide.

D'autres armes tiraient, de l'autre côté de la pièce. Les rafales avaient un son étouffé, distant. Et, tandis que le brouillard se levait lentement, les choses se passèrent devant lui sans qu'il puisse réagir.

Un homme, seul, surgit de la cage d'escalier, au milieu de la fumée. Le gringo était grand et avait le visage hachuré de peinture de camouflage. Le pistolet-mitrailleur qu'il tenait rafala en crachant une lumière stroboscopique tandis qu'il tirait sur le canapé. Plusieurs balles de 9 mm plongèrent dans le cuir, faisant jaillir des touffes de rembourrage blanc en passant à travers le dossier. Le soldat qui était posté derrière prit plusieurs projectiles au niveau du torse et du visage et s'écroula.

« Tuez-le ! pensa Murillo, incapable de former le moindre mot. Tuez-le ! »

C'était évidemment ce que ses hommes essayaient de faire.

Celui qui se trouvait derrière le bar avait épaulé son M-16 et balançait projectile sur projectile vers sa cible en mouvement, laminant au passage les murs et les meubles. Mais, avant qu'il ait pu réussir son coup, leur ennemi se montra encore une fois le plus rapide. Alors que le devant du meuble en chêne volait en éclats, en partie désintégré, le soldat connut un sort rapide. Le front explosé, il laissa échapper son arme et disparut derrière le comptoir.

Le flingueur posté du côté de l'autre escalier essaya de tirer à travers son copain mortellement blessé pour atteindre l'autre salaud. Mais, là encore, ça ne marcha pas. En même temps que le soldat du bar s'effondrait, le tueur au visage peint déplaça légèrement son arme. Une rafale découpa l'autre flingueur depuis l'entre-jambe jusqu'à la gorge. Les impacts le firent tituber en arrière. Et, alors qu'il tombait sur les marches de l'escalier, secoué de mouvements convulsifs, il vida son chargeur dans le plafond.

Le soldat qui se trouvait au côté de Murillo en avait vu assez. Il se retourna et se précipita pour sortir.

Murillo avait le choix entre suivre la même direction ou choisir le patio. Il se tourna vers la piscine. Un garde du corps était juste sur ses talons, le protégeant contre le torrent de balles qui martelaient le passage voûté. Soudain, quelque chose d'acéré toucha Murillo à l'arrière de la tête. Puis il sentit un poids énorme arriver dans ses jambes, le faisant trébucher et franchir l'arche en tombant la tête la première. Le poids s'abattit sur le sommet de ses jambes. Un poids mort qui le cloua au sol.

Il réussit à tourner la tête et vit un cratère rouge à la place du visage de son garde.

Pendant une seconde, dans la panique, Murillo commença de ramper pour échapper au corps secoué de convulsions. Puis il se dit qu'il y avait mieux à faire.

L'arme qu'il agrippait était vide. Il n'avait aucun endroit où s'abriter dans les environs immédiats et l'homme qui avait massacré ses équipes avec tant de facilité était à moins de six mètres de lui. Essayer de s'enfuir serait un suicide. Une exécution.

Un liquide poisseux coulait de part et d'autre de sa nuque. Murillo posa le visage sur le dallage de marbre et demeura aussi immobile qu'il le put. Il entendit un pas puissant derrière lui, et il eut la certitude que l'inconnu savait qu'il était vivant et allait lui donner le coup de grâce.

Les muscles tendus, les dents serrées, il attendit la mort.

Quand il y eut une très grosse explosion, au-dessus d'eux, la secousse fit trembler les parois de la cheminée. De la suie tomba sur Pedro et Juanito. Croisant le regard de son frère, l'aîné vit dans ses yeux une peur qui était l'exact reflet de la sienne. En cet instant, ils n'avaient ni père ni mère pour les protéger. Juanito éprouvait le même genre de vulnérabilité que la veille, quand la maison de Tijuana avait été attaquée. Quelle chance Pedro et lui avaient-ils de s'en sortir ?

Ses genoux, soudain, se mirent à trembler. Il couvrait Pedro de son propre corps, le protégeait, et Pedro, lui, le soutenait. Ils s'étreignaient avec tant de force qu'ils pouvaient à peine respirer.

Quand les tirs et les explosions cessèrent au bout d'une ou deux minutes, Pedro chuchota :

— C'est fini ?

Juanito leva les yeux et regarda rapidement à l'extérieur de la cheminée, se frottant le visage pour enlever la suie qui le recouvrait.

— C'est fini ? insista Pedro.

Au fond de son cœur, Juanito savait que non, que ce ne serait jamais fini. Le monstre qui les traquait était immortel. On ne pouvait pas le tuer.

Quand ils entendirent un homme appeler depuis l'escalier, affirmant que l'ennemi était mort, Juanito sut aussitôt que c'était un mensonge. Il y avait quelque chose d'étrange dans la voix de ce type, un tremblement qui lui donna la certitude que ce gus avait encore plus peur que Pedro. Si tout était vraiment terminé, il n'aurait pas eu peur comme ça.

Roberto avait dû s'en rendre compte, car il pointa son arme vers les marches. Et les gardes firent comme lui.

Alors, Juanito comprit que celui qui descendait l'escalier allait mourir.

Il avait déjà vu assez de morts dans la maison de Tijuana, et il n'avait pas envie d'en voir plus. Il détourna la tête et poussa son petit frère contre le mur de la cheminée.

Quand la fusillade éclata, ou plutôt quand un pistolet tira plusieurs fois, très vite, Juanito tressaillit.

Puis toute la pièce trembla.

Pendant un instant, il n'y eut plus d'ombre. Même dans la cheminée. Il y eut un bruit, énorme, qui donna à Juanito l'impression qu'une main géante lui avait filé une grande claque sur l'arrière du crâne. De la suie lui tomba dessus, encore, mais aussi des fragments de plâtre. Pedro glissa au sol.

S'il n'entendait rien, les oreilles emplies d'un bourdonnement assourdissant, Juanito pouvait sentir la vibration des impacts de balles à travers les semelles de ses chaussures. Les projectiles traversaient les murs, les meubles. Se laissant tomber à genoux, Juanito protégea le corps de son frère, et se réfugia en lui-même, le plus profondément possible.

Aussi, quand une main lui toucha l'épaule, il sursauta violemment. Juanito ne s'était même pas rendu compte que la fusillade avait cessé. Levant les yeux, il découvrit un visage strié de rayures marron et noir, et des yeux bleu pâle pareils à de la glace. Dans son autre main, l'homme tenait un pistolet dont le canon fumait encore.

« Ne nous tuez pas ! » voulut dire Juanito. Il ouvrit la bouche, mais aucun mot ne sortit.

— Je ne suis pas là pour vous faire du mal, affirma l'inconnu.

Il avait une voix profonde, très calme. Pas froide. Calme.

— C'est votre maman qui m'envoie. Elle m'a demandé de vous conduire auprès d'elle.

Pedro se leva aussitôt, ses joues crasseuses pleines de larmes.

— Je veux ma maman ! gémit-il.

— Alors viens avec moi, dit doucement l'inconnu.

Maintenant, Juanito pouvait voir tous les cadavres répandus à travers la pièce, voir les murs et le plafond noircis. Il sentait l'odeur de brûlé qui provenait des étages. Et, malgré ça, cet homme leur demandait de lui faire confiance. Il le leur demandait, alors qu'en vérité ils n'avaient pas vraiment le choix. C'était lui qui était armé. Et Juanito fut très surpris de s'apercevoir que, pourtant, d'instinct et sans réserve, il lui accordait sa confiance. Il savait que sous la protection de cet homme, son petit frère et lui n'avaient plus rien à craindre.

Prenant la main de Pedro, il le fit sortir de la cheminée.

Mais alors qu'il croyait que la guerre était finie, le Klaxon d'un véhicule se fit entendre au loin. Il regarda le grand soldat aux yeux pâles, l'air désespéré.

— Je veux que vous me suiviez, dit Mack Bolan, en restant aussi groupés que possible. Et faites exactement ce que je vous dirai. Allez, on sort d'ici.

Il leur fit passer une arche, les entraîna dans un petit couloir et ils se retrouvèrent dans la cuisine du ranch. L'endroit était désert, avec des marmites toujours en train de mijoter sur le feu et de l'eau coulant dans un des éviers. La porte donnant sur l'extérieur était restée grande ouverte.

Bolan passa la tête dans l'encadrement, regarda autour de lui, puis ordonna :

— Restez sur ma droite.

Ils s'élancèrent tous les trois à découvert, en direction de l'ouverture pratiquée dans le mur de maçonnerie, à l'arrière de la propriété, près de l'endroit où tous les véhicules étaient stationnés. Alors qu'ils étaient à moins de six mètres du garage, des coups de feu claquèrent, venant du ranch, et des étincelles jaillirent sur le haut du mur, devant eux.

L'Exécuteur fit un rempart de son corps pour protéger les enfants et, levant son pistolet-mitrailleur, il répliqua d'une longue rafale.

— Courez ! cria-t-il. Courez !

CHAPITRE XVII

Les collines arides de la périphérie de Tijuana défilaient derrière les vitres teintées de la Mercedes, sous le regard froid de Ramon Murillo.

Sous les roues de la grosse limousine, la route de pavés ronds créait une vibration régulière, déplaisante, qui se propageait dans toute la structure de la voiture. Il n'y avait pas d'égout ou de fossés de drainage de part et d'autre de cette rue de banlieue — comme il n'y avait pas non plus d'eau courante, ni de lignes électriques ou téléphoniques. Alors que la Mercedes gravissait la pente de la colline, les pavés disparurent, et la rue devint une piste en terre. Les maisons se firent plus petites, plus délabrées.

Dans un nuage de poussière jaune, le chauffeur s'arrêta soudain sur le bas-côté, au-dessous d'une cabane à flanc de colline, aux murs en contreplaqué brut. Une couverture bleu et jaune à rayures pendait devant la porte, suspendue à un morceau de corde à linge. Des pneus usés formaient une espèce de muret de soutènement, empêchant la cabane de glisser dans la pente et sur la route.

C'était dans un taudis de ce genre que Ramon Murillo et son frère avaient grandi.

Celui qu'on surnommait « Trois Clous » sortit de la limousine et commença d'escalader le sentier étroit qui menait à la cahute. Alors qu'il s'approchait, deux chiens jaune et blanc surgirent de nulle part pour se précipiter vers lui, aboyant et montrant leurs crocs. Il les ignora.

Un coin de la couverture élimée se souleva, laissant paraître dans l'encadrement de la porte une toute petite femme aux cheveux gris retenus en chignon. Elle portait une robe imprimée informe, aux couleurs délavées, et des mules en tissu-éponge aux pieds. Elle lui adressa un large sourire édenté.

— Bonjour, lui dit-il.

— Bonjour, Don Ramon. C'est bien à moi que vous êtes venu rendre visite ? Je vous en prie, entrez, il fait trop chaud, dehors.

Elle s'écarta et tint la couverture afin de laisser entrer son illustre visiteur.

Tandis qu'il passait à côté d'elle, il put entendre sa respiration difficile, grasseyante, haletante. Et, pourtant, son sourire restait le même, franc et ouvert.

Le sol de la cabane était en terre battue. Une fenêtre, unique, avait été creusée dans ce qui constituait le mur arrière, et on avait fixé avec des clous un morceau de plastique transparent en guise de vitre. C'était un endroit minuscule, sombre, mais d'une propreté irréprochable. Il y avait une paillasse dans un coin, surélevée par des parpaings. Une caisse en carton faisait office de vaisselier, un baquet en métal cabossé d'évier, et, en guise de poêle à bois et de cuisinière, un bidon métallique était relié à un tuyau sortant par le plafond. Le reste du mobilier se composait d'une table de camping en métal et d'une chaise pliante.

La vieille femme épousseta l'assise de la chaise avec un chiffon et fit signe à Murillo de prendre place.

Dès qu'il se fut installé, elle se percha sur le bord de la paillasse.

Sur les murs, une peinture représentant le Christ côtoyait la photographie d'une grande famille, avec beaucoup de jeunes enfants, et celle d'un adolescent. Le cadre de cette photo était orné de crêpe noir et de fleurs séchées.

— Comment allez-vous ? demanda Ramon Murillo.

Avec la lumière filtrant par la porte, les rides qui striaient le visage de la vieille femme ressemblaient à des milliers de cicatrices.

— Je ne suis plus très loin de ma fin, dit-elle simplement, avant de se tourner vers la photo drapée de noir. Je verrai bientôt de nouveau mon Carlos.

La photographie en couleurs avait été prise des années plus tôt, quand son fils allait encore au collège.

— Comment va sa famille ? demanda Ramon.

— Assez bien, grâce à votre générosité. Et grâce à celle de votre frère, Don Roberto.

— J'ai une proposition à vous faire, reprit le mafieux. J'ai d'abord pensé à vous, parce que je connais votre état de santé et parce que je n'ai pas oublié le sacrifice de Carlos.

— J'ai toujours apprécié votre prévenance à mon égard, Don Ramon. Quelle est cette proposition ?

Le fils de la vieille femme, Carlos, qui travaillait pour l'organisation Murillo, avait été tué dans l'exercice de ses fonctions de garde du corps, alors qu'il essayait de protéger son patron. Cinq mois plus tôt, un gang rival de Basse Californie en pleine ascension avait envoyé ses flingueurs pour abattre Murillo alors qu'il revenait de son restaurant favori, sur la côte. Ils avaient monté une embuscade sur la route longeant la mer, dressant un véritable barrage routier.

Murillo, son chauffeur et ses gardes du corps avaient dû s'éjecter de la limousine et se battre comme des malades pour leurs vies. Tout le monde tirait en même temps, et des dizaines de balles étaient parties en l'espace de quelques secondes. Dans le chaos, Murillo et ses hommes avaient laissé deux flingueurs rivaux les contourner. Au dernier moment, Carlos s'était interposé devant son boss, et s'était pris la douzaine d'ogives destinées à Murillo. Il laissait une femme et cinq enfants. En tant que patrons de Carlos, on attendait des Murillo qu'ils fassent quelque chose pour s'occuper de la famille du défunt. Ils avaient choisi de conserver à la veuve et aux orphelins le même niveau de vie que du vivant de leur mari et père. Ce que Ramon Murillo offrait maintenant était un bonus. En échange d'un autre sacrifice.

Quand il expliqua à la vieille femme ce qu'il attendait d'elle, elle écarquilla les yeux. Et lorsqu'il lui exposa ce que serait la récompense, des larmes commencèrent à couler sur ses joues. Elle se leva, prit la main de Murillo entre ses doigts parcheminés et lui embrassa les phalanges.

Elle ne posa qu'une question :

— Quand, Don Ramon ?

— Tout de suite. Vous devrez m'accompagner maintenant, dit-il en se levant.

La vieille femme essuya ses larmes avec le chiffon qu'elle tenait dans sa main.

Soulevant la couverture de l'entrée, Murillo attendit patiemment dans l'embrasure, tandis qu'elle décrochait et embrassait avec ferveur le tableau du Christ et la photo de son fils, puis les remettait à leur place.

Une fois dehors, la vieille femme marqua une pause pour se tourner une dernière fois vers le nord. D'où elle était, elle pouvait apercevoir au loin le quadrillage des rues de Chula Vista, avec les nouveaux et luxueux programmes immobiliers. De belles et grandes maisons, des rues goudronnées, de bonnes écoles, des opportunités sans fin.

Ce serait son cadeau d'adieu à ses petits-enfants. Elle se tourna vers Murillo, et il hocha la tête, l'air grave. Avec dix millions de dollars, tout était possible.

Sous la table, les mains de Yovana Ortiz tremblaient de façon incontrôlable sur ses genoux. Quand on comptait chaque tic-tac de la pendule, deux heures paraissaient interminables.

Elle attendait en silence, à moitié suffoquée par la peur et le doute. Elle ne cessait de se demander si elle avait fait le bon choix en venant voir les fédéraux. N'avait-elle pas plutôt commis une terrible erreur ? Alors qu'elle s'efforçait de protéger ses enfants, alors qu'elle était prête à abandonner tout ce qu'elle possédait pour y arriver, elle avait seulement réussi à les mettre en danger. Si son sauveur du Zorro Azul ne parvenait pas à secourir ses garçons, si les Murillo les ramenaient à Samosa, elle savait qu'elle ne les reverrait plus jamais.

— Je peux vous apporter à boire, du café ? proposa le fédéral. Ou bien à manger ? Il y a aussi un bar, au-dessus. Si vous voulez quelque chose de plus fort...

L'homme assis de l'autre côté de la table de conférences avait des yeux qui semblaient capables de lire dans votre cerveau, de pénétrer les profondeurs de votre âme. Des yeux tristes qui avaient vu beaucoup de choses terribles. Des yeux tristes mais implacables.

— Non, merci, lui répondit-elle.

Yovana veillait bien à le regarder dans les yeux quand elle lui parlait. Si elle ne croisait pas son regard, il soupçonnerait qu'elle lui cachait quelque chose. Ce qui était le cas.

Elle lui cachait quelque chose d'important.

Bien que la liaison entre Yovana Ortiz et Don Jorge Samosa fût largement connue dans le milieu mafieux, la jeune femme avait réussi à garder secret le fait qu'il était le père de ses deux garçons. Quand elle était tombée enceinte de Juanito, elle s'était empressée de répandre la rumeur d'une histoire sentimentale avec un de ses partenaires du soap opera populaire qu'elle tournait à cette époque. Le feuilleton en question était si romantique que tout le monde avait marché, y compris la presse. Et l'acteur concerné, plus âgé qu'elle, n'avait pas cherché à rétablir la vérité : ces rumeurs venaient à point nommé pour en étouffer d'autres, tenaces, concernant sa virilité.

Yovana comme Samosa s'étaient accordés sur la nécessité du secret. Seuls quelques associés parmi les plus proches du Parrain, dont les Murillo, connaissaient la vérité. Samosa avait bien trop d'ennemis. Les enfants d'un baron international de la drogue risquaient de vivre sous la menace constante d'un kidnapping, ou même d'un meurtre — organisés par un rival ou par un gouvernement étranger. Dès qu'on saurait qu'ils étaient les enfants de Samosa, Juanito et Pedro perdraient l'espoir d'une vie normale. Là encore, Yovana et Samosa s'étaient entendus sur le fait qu'une vie normale signifiait qu'ils vivraient chez leur mère et ne verraient leur père que dans de rares occasions.

Jusqu'à ce que, assez récemment, l'attitude de Samosa évolue. Il avait commencé à exiger plus de contrôle sur ses fils, expliquant à Yovana qu'il souhaitait les voir reprendre un jour les rênes de son empire. Face à cette perspective, Yovana avait été contrainte d'agir. Voir ses fils emboîter le pas à leur père dans le sentier sanglant de la criminalité était bien la dernière chose qu'elle souhaitait.

Elle ignorait pourquoi il avait changé d'avis, alors qu'il avait toujours affirmé que ses enfants devaient rester en dehors du monde de la pègre. Il approchait de la cinquantaine et commençait peut-être de songer à sa propre mort. Ou tout simplement n'avait-il pas envie de voir son empire s'écrouler ou être déchiqueté par des hordes de chacals après sa mort.

Même si elle était certaine qu'il avait lui-même ordonné son exécution, Yovana éprouvait toujours des sentiments intenses pour Samosa. Elle aimait l'homme autant qu'elle le haïssait. Elle lui avait abandonné sa jeunesse et, tout en connaissant la nature de ses activités, elle lui avait donné deux fils. Alors qu'il avait la réputation d'un monstre, d'un criminel impitoyable — une réputation amplement méritée —, Yovana avait été plus d'une fois témoin de la grande tendresse qu'il réservait à ses enfants. Il était présent à chacun de leurs anniversaires. Et quand il se trouvait en compagnie de ses fils, il était un père merveilleux.

Si elle avait su qui il était, lorsqu'elle l'avait rencontré pour la première fois, peut-être ne se serait-elle pas liée à lui. Samosa s'était présenté à elle sous l'identité officielle et le nom qu'il utilisait au grand jour : un homme d'affaires latino-américain. Il était plein de confiance en lui, et avait cette beauté rude et masculine qui pouvait faire tourner la tête d'une femme. Entre eux, dès le départ, il s'était opéré une véritable alchimie. Laquelle, pour Yovana, était très vite devenue une affaire de cœur.

Lorsque Samosa lui avait révélé la source de sa richesse et sa véritable identité, Yovana était bien trop amoureuse pour raisonner de façon rationnelle. Ses sentiments avaient persisté, même s'il ne se souciait pas de lui être fidèle. Quand il était absent, c'est-à-dire la plupart du temps, d'autres femmes traversaient la vie de Samosa. Yovana avait été obligée de l'accepter, se consolant en songeant qu'elle demeurait le numéro un, la femme vers laquelle il revenait toujours. Pour lui prouver son propre attachement, elle avait accepté de faire certaines choses pour son amant. De lui servir de caution pour les affaires importantes. De recevoir ses gros clients dans le luxe de sa belle maison. Toutes choses qu'elle regrettait profondément.

Mais, bien que Samosa soit à présent désireux de la tuer, qu'il veuille sa mort pour la punir de sa trahison, elle était déterminée à ne pas livrer toutes les informations compromettantes dont elle disposait, informations qui, pour certaines, auraient le pouvoir de faire tomber Samosa. La perte de la branche mexicaine de ses opérations serait une blessure douloureuse, mais pas fatale. Au plus, ce ne serait pour lui qu'un échec temporaire. En fait, la jeune femme aurait souhaité pouvoir se séparer de son amant et retrouver sa liberté et celle de ses enfants, mais sans faire de mal à Don Jorge. C'était peut-être trop demander…

Yovana jeta un nouveau coup d'œil vers la pendule. Trois minutes s'étaient écoulées depuis qu'elle l'avait regardée la dernière fois.

— S'il y a quelque chose d'autre dont vous avez envie de parler, n'importe quoi, je sais très bien écouter, lui dit le fédéral, avec un petit sourire ironique.

En regardant son visage buriné, Yovana le crut sans peine. Et même si elle éprouvait le besoin de se livrer, elle n'était pas assez folle pour oublier qu'il était flic, pas prêtre.

Sous la table, elle enfonça profondément ses ongles dans la paume de ses mains, et garda le silence.

CHAPITRE XVIII

Les balles giclèrent sur le sol à la gauche de Mack Bolan, avant de monter à l'assaut du mur stuqué, creusant des cratères blancs de la taille d'une grosse pièce de monnaie. De minuscules fragments de plâtre cinglèrent le visage du Guerrier, lorsqu'il poussa les deux garçons dans l'ouverture.

— Par-là, sur la gauche ! leur lança-t-il.

Il courait juste derrière eux, couvrant leurs arrières, tandis qu'ils sprintaient le long du mur extérieur, vers l'endroit où étaient parqués les véhicules du ranch.

Quand ils arrivèrent au niveau de l'auvent au toit de palmes, il leur fit signe de continuer.

— Allez vous cacher derrière les voitures.

Se tournant, il leva le MAC-10 et balança une rafale de 9 mm. Les projectiles poinçonnèrent la zone qui se trouvait de part et d'autre de l'ouverture. Il n'y avait personne à atteindre, mais le Guerrier voulait juste que ses poursuivants y réfléchissent à deux fois avant de passer la tête.

Cela ne réussit à les retenir qu'un instant.

Au moment où il se tournait pour suivre les garçons, une arme automatique rafala dans son dos et des projectiles vinrent faire jaillir de la terre à moins de cinq mètres de lui. Le fusil M-89 était toujours là où Bolan l'avait laissé à son arrivée. En passant à sa hauteur, il le saisit et le passa en bandoulière et entraîna les enfants le long de la rangée de véhicules stationnés. Enfin, il ouvrit à la volée la portière arrière gauche de la Suburban vert émeraude.

— Montez et couchez-vous sur le plancher ! ordonna-t-il. Je veux que vous restiez là jusqu'à ce que je vous dise de sortir. Compris ?

Le plus jeune était incapable de répondre. Il était bien trop effrayé.

— Compris ? répéta Bolan.

— Oui, monsieur, murmura Juanito.

L'aîné poussa son frère dans le véhicule, grimpa après lui, puis lui fit baisser la tête derrière le siège avant.

L'Exécuteur se glissa au volant, posa la crosse du M-89 devant le siège passager et cala le canon contre la portière. L'Ingram, lui, resta posé sur ses genoux.

La réalisation du plan A était maintenant caduque. Pour qu'il fonctionne, il aurait fallu que Bolan élimine tous les flingueurs qui se trouvaient à l'intérieur et à l'extérieur de l'enceinte du ranch. C'était impossible, étant donné la façon dont les choses avaient évolué. La priorité restait de récupérer les enfants. Avec plusieurs flingueurs encore opérationnels, Jack Grimaldi ne pouvait plus espérer atterrir sur la piste du ranch afin de récupérer le Guerrier et ses protégés. Deux hommes équipés de pistolets-mitrailleurs n'auraient aucun mal à rendre l'appareil inutilisable. Bolan maudissait le destin qui avait empêché Hal Brognola de fournir à Grimaldi un hélico. Faire atterrir le Cessna était beaucoup plus compliqué, même pour le plan B qui consistait à mettre le maximum de distance entre les soldats du ranch et l'Exécuteur, afin de laisser au pilote une possibilité d'atterrir et de décoller sans casse.

Avant de mettre le contact, Bolan enleva le boîtier de mise à feu à distance d'une poche de son harnais et le posa sur le tableau de bord. Faisant ensuite démarrer le gros diesel, il se mit en position quatre roues motrices et sortit de l'ombre du garage dans un rugissement de moteur.

Les soldats des Murillo n'étaient pas très loin. La Suburban avait à peine parcouru une vingtaine de mètres qu'une volée de balles s'abattit sur l'arrière. Le gros véhicule devait servir au transport des deux patrons du ranch, car il semblait à l'épreuve des balles. Malgré tout, les multiples impacts finirent par faire voler en éclats la lunette arrière.

Tout en zigzaguant pour éviter d'être touché, Bolan cria aux garçons, par-dessus son épaule :

— Restez couchés !

La fusillade s'arrêta presque aussitôt. Alors qu'il accélérait et arrivait à hauteur de la piste d'atterrissage, Bolan jeta un coup d'œil dans son rétroviseur extérieur et comprit la raison de ce soudain cessez-le-feu. Les soldats avaient décidé de se lancer à sa poursuite. Un pick-up surgit de sous l'auvent, suivi par l'autre Suburban et un deuxième camion.

Le pied au plancher, le Guerrier tourna pour se diriger vers le hangar qui servait de dépôt à carburant. Il l'atteignit rapidement. Conduisant d'une main, il récupéra le boîtier de mise à feu sur le tableau de bord et l'arma d'un mouvement du pouce.

Il laissa son véhicule rouler tout droit, faisant ainsi croire aux flingueurs qu'il allait continuer dans cette direction, et les obliger à suivre plus ou moins ses traces s'ils ne voulaient pas perdre du terrain.

Avec le sillage de poussière toujours plus important qu'il laissait derrière lui, il était difficile d'estimer avec précision le moment où les véhicules qui le filaient allaient se trouver à la hauteur du dépôt. Ils avaient tous allumé leurs phares pour tâcher d'y voir plus clair, mais ce n'était pas suffisant. Bolan joua le tout pour le tout et pressa le commutateur du détonateur.

L'effet fut instantané et cataclysmique.

A travers le nuage de poussière, le feu surgit de tous côtés, dans des tourbillons orange et rouge, qui débordèrent du hangar avant de l'engloutir en une fraction de seconde. Presque simultanément, l'onde de choc d'une formidable explosion vint heurter l'arrière de la Suburban. Dans le rétroviseur extérieur, Bolan vit une boule de feu alimentée par le carburant s'élancer à l'assaut du ciel et créer un dôme de flammes qui s'étendit au-dessus du tarmac sur une bonne centaine de mètres.

— Attrapez-moi cet enculé ! hurla Roberto Murillo à ses hommes. Ne le laissez pas dépasser la piste !

Les soldats s'élancèrent à travers l'ouverture. Alors que le sniper s'élançait aussi, armé de son fusil à lunette, un Heckler & Koch G-3 SG/1, Murillo lui attrapa le bras et le repoussa sur le côté.

— Pas toi, Drigo. Au cas où on n'arriverait pas à le contenir dans le périmètre de la clôture, et s'il réussit à rejoindre la route, je veux que tu prennes un des véhicules tout-terrain. Tu vas foncer à travers les collines et trouver l'endroit idéal pour le flinguer. Si jamais il réussit à nous échapper, ici, ce sera à toi de l'avoir de l'autre côté des collines. Tu as compris ?

— Et les gamins, patron ? demanda Drigo Martinez. Si je commence à tirer, ils pourraient être blessés. Ou même tués...

— Les gosses ne doivent en aucun cas atteindre la Highway, l'interrompit Murillo. Je me fous de savoir comment tu t'y prendras. Si tu me les ramènes, tu auras droit à demi-million de dollars.

Les yeux de l'homme s'écarquillèrent.

— Mais si tu les laisses s'échapper, ajouta Murillo, tu dois comprendre que je t'étriperai moi-même et que je laisserai les buses bouffer ce qui restera de toi.

Pleinement conscient des emmerdes qui l'attendaient, le soldat fit volte-face et courut vers le véhicule tout-terrain. Murillo, lui, rejoignit les hommes qui avaient donné la charge vers le garage du ranch. Quand il arriva sous le toit de palmes, ses hommes tiraillaient furieusement vers l'arrière de la Suburban. Levant son arme, Roberto Murillo se joignit aux autres pour pilonner le véhicule en fuite.

— Cessez le feu ! cria-il soudain en constatant que les balles n'avaient aucun effet. On va les poursuivre !

Il affecta trois de ses hommes à un des camions et quatre à un autre. Et tandis qu'il grimpait à l'avant de la Suburban restante, cinq soldats montèrent avec lui. Le temps que le conducteur du véhicule ait fait partir le moteur et se soit mis en mouvement, un des pick-up, le Chevrolet, était déjà aux trousses de leur gibier. Mais alors que la Suburban fonçait dans le nuage de sable tourbillonnant soulevé par les véhicules qui la précédaient, la visibilité se fit de plus en plus faible.

Le conducteur se mit en pleins phares.

— Plus vite ! lui lança Murillo. Ne les laisse pas nous semer !

Il lui apparut soudain que, étant donné l'enjeu, il avait tout intérêt à prendre une assurance supplémentaire. Il décrocha le combiné du téléphone satellite de la voiture et composa un numéro à neuf chiffres sur le clavier numérique.

L'homme qui répondit à la seconde sonnerie était un flic. Grassement payé par Murillo pour obéir au moindre de ses ordres.

— Chuey, lui dit Murillo après s'être identifié, j'ai besoin que tu établisses un barrage routier à l'extrémité sud de Bahia Concepción. Je veux deux voitures de patrouille sur la San Bartolomeo Road, juste avant le carrefour avec la Highway. Vous devez guetter une Suburban vert émeraude. Le conducteur est un assassin. Il vient d'attaquer le ranch. Vous n'essayez pas de l'arrêter. Vous le tuez.

Pour couper court à toute question, il ajouta :

— Si tu le tues pour moi, Chuey, tu n'auras plus jamais à travailler. Tu as ma promesse.

Murillo se pencha pour remettre le combiné en place sur son socle. Ils venaient de passer à fond de train à côté du hangar à carburant situé au bout de la piste d'atterrissage.

Soudain, une formidable explosion ébranla le ciel.

Murillo eut l'impression que la Suburban était percutée par un train de marchandises. L'onde de choc fit basculer le véhicule sur ses roues de gauche, le renversa presque. La tête de Murillo heurta la fenêtre de sa portière, côté passager, et, au même moment, une monstrueuse langue de feu vint lécher le pare-brise, puis envelopper la voiture.

Pour la deuxième fois de la journée, Roberto Murillo crut venue l'heure de sa mort...

Bolan freina et vira sur la gauche en dérapant, se dirigeant vers le sud et le portail de la clôture qui ceinturait le ranch. Il ne regardait plus derrière lui. Il n'en avait pas le temps. A environ trois cents mètres, le portail était grand ouvert — sans doute depuis le passage du camion qu'il avait entendu klaxonner quelques minutes plus tôt. Deux hommes tentaient de le fermer avant que l'Exécuteur n'arrive sur eux. Bolan accéléra encore.

En même temps, il déclippa l'émetteur-récepteur VHF miniaturisé qui se trouvait sur la bretelle gauche de son gilet de combat. Les canaux de communication entre les deux unités de la mission, assaut et extraction, avaient été présélectionnés.

— Blackjack, dit-il, c'est Striker. Tu me reçois ?

Quand il relâcha le bouton de transmission, le minuscule haut-parleur fit entendre un crissement de parasites.

L'Exécuteur pressa de nouveau le bouton et répéta son appel.

Cette fois, au milieu des grésillements, il y eut une réponse.

— Ici Blackjack, lui dit Jack Grimaldi. Où en es-tu, Striker ?

— Je roule vers le point Bêta à bord d'une Suburban vert émeraude. Tu me reçois ?

— Je te reçois, Striker. Point Bêta. A bord d'une Suburban vert émeraude. Mon HPA est de vingt-cinq minutes. Je tournerai jusqu'à ce que je te voie. Blackjack, terminé.

Bolan reprit le volant à deux mains. Il se rapprochait à toute allure du portail, que les sentinelles avaient réussi à refermer. Un des hommes essayait de faire passer une chaîne autour du montant central tandis que son copain s'était glissé de l'autre côté. Utilisant une des barres transversales du portail pour avoir un appui, il ouvrit le feu avec un pistolet-mitrailleur.

Les balles arrivèrent droit sur le pare-brise renforcé de la Suburban. Le verre se fragmenta, mais il résista aux projectiles.

Sans ralentir, Bolan maintint son cap. Le type qui bataillait avec la chaîne leva les yeux, mais une seconde trop tard, et, à l'expression stupéfaite et terrorisée qui apparut sur son visage, il venait de comprendre que l'enfer lui arrivait, droit devant. L'aile gauche de la Suburban le percuta de plein fouet, envoyant son corps tournoyer dans les airs. Le pare-chocs percuta l'extrémité du battant du portail, qui s'ouvrit à la volée et fut expulsé de ses gonds. La sentinelle qui se tenait de l'autre côté fut percutée par le battant et entraînée avec lui.

Alors que Bolan poursuivait sa route, sans plus d'obstacle devant lui, il jeta un coup d'œil dans son rétroviseur extérieur. A travers les tourbillons de poussière, il entrevit deux points de lumière jaune.

Un véhicule, pleins phares.

L'explosion de la réserve de carburant n'avait pas éliminé tous ses poursuivants.

Sans cesser d'accélérer, l'Exécuteur suivit le sentier défoncé qui descendait dans le canyon de

San Bartolomeo. Lorsqu'il eut atteint le bas de la descente, il freina et négocia le virage qui se préparait. La route ouest, vers Bahia Concepción et la Highway, était plus facile, suivant le lit des ruisseaux saisonniers qui serpentaient autour des crêtes et des collines érodées.

Quand il atteignit la jonction, il tourna sur la droite. Au lieu des longues lignes droites et des perspectives de la plaine sur sa gauche, il se trouva face à une route à une voie qui n'était qu'une succession de lacets. De hautes broussailles et des bouquets d'herbes pareilles à des roseaux faisaient de chaque virage une manœuvre délicate, car sans visibilité. Les murs du canyon s'élevaient de part et d'autre de la piste.

— Les garçons ! appela-t-il alors que la Suburban s'engageait dans le premier virage, vous pouvez vous asseoir, maintenant. Mais bouclez bien vos ceintures.

Dans le rétroviseur intérieur, il vit apparaître les frimousses apeurées des enfants. Son regard se porta plus loin en arrière et il ne vit rien d'autre qu'un mur de poussière jaune. Il imagina qu'il devait avoir une minute d'avance sur les soldats des Murillo.

Ce qui n'était évidemment pas suffisant.

Il avait besoin d'au moins quatre minutes, s'il voulait une marge de sécurité pour les enfants.

Devant lui, la piste de terre légère plongeait dans un lit de rivière asséchée bordée de rochers. Le fond caillouteux lui offrait une meilleure adhérence dans les virages, et il put rouler plus vite. Sur le tableau de bord, le compteur de vitesse marquait cent kilomètres à l'heure.

Il s'efforça de s'y tenir.

Les virages étaient si brusques, avec les masques de végétation décharnée, que chaque tournant pouvait révéler une mauvaise surprise. Les deux mains sur le volant, l'Exécuteur était concentré sur sa conduite. Etant donné le terrain et sa vitesse, toutes ses décisions se faisaient à l'instinct.

Le chemin quitta soudain le lit de la rivière, les collines se firent moins hautes, et il se retrouva en face d'un paysage de plaine écrasé par le soleil. Plus loin, une série de petites collines s'élevaient entre lui et le site d'extraction, où l'attendrait Grimaldi.

La route était à présent une ligne droite, au revêtement composé d'une terre tassée sur un fond caillouteux. Presque une autoroute, pour le Guerrier, qui en tira tout l'avantage possible, poussant au maximum le moteur diesel. Il frôlait les cent soixante-dix kilomètres à l'heure quand il regarda de nouveau dans son rétroviseur. A environ huit cents mètres derrière lui, à l'autre bout de son sillage de poussière, trois paires de phares étaient à sa poursuite !

Jamais il n'arriverait à prendre l'avance dont il avait besoin.

Quand il eut franchi le sommet de la première des petites collines et commença à descendre, la route se mit à serpenter de nouveau. Mais, cette fois, c'était un chemin de crête avec le vide de chaque côté. Il suffisait d'une fausse manœuvre de sa part, et la Suburban sortirait de la route. Sans arbre pour arrêter le véhicule, celui-ci roulerait en tonneaux successifs jusqu'en bas. Il devait donc ralentir.

Six minutes s'écoulèrent, six minutes d'une succession de virages en épingle à cheveux, puis la plus haute des collines qu'il avait à traverser se dressa devant lui.

A environ deux cents mètres du sommet, la route se rétrécit en même temps que la pente s'accentuait. Bolan rétrograda, faisant hurler le moteur. Le terrain était si difficile qu'il dut ralentir encore, sous peine de briser un essieu. Enfin, avec un grondement de baryton, la Suburban franchit le sommet.

Se retrouvant sur un faux-plat, le Guerrier arrêta brutalement le véhicule. Il mit le frein à main et saisit le fusil M-89.

— Vous ne bougez pas, dit-il aux garçons en sortant du véhicule. Je reviens tout de suite.

Il ôta les capuchons de la lunette Leupold, tout en regagnant le sommet de la colline. Enroulant son bras gauche dans la bandoulière du fusil, il mit un genou en terre au milieu de la route.

Au-dessous de lui, trois véhicules aux phares allumés progressaient en formation serrée. Il les laissa se rapprocher. En tête, il y avait un gros pick-up Chevrolet, avec deux hommes dans la cabine de pilotage et deux autres sur le plateau arrière. Bolan attendit que le camion atteigne l'endroit où la route se rétrécissait considérablement, et commence son ascension vers le sommet, pour viser le conducteur et tirer.

Le gros fusil lui rentra durement dans l'épaule. Il géra le recul et fit jouer la culasse tandis que, cent cinquante mètres plus bas, le pare-brise du Chevrolet devenait opaque.

Il n'était pas à l'épreuve des balles.

Au deuxième impact, le pare-brise explosa et rentra dans la cabine. Aussitôt, le Chevrolet perdit de sa vitesse et sa trajectoire. Son côté gauche alla racler dans un jaillissement d'étincelles contre les cailloux du bas-côté, puis le véhicule s'arrêta. Et le Klaxon se mit à sonner. En continu...

Le conducteur avait quelques problèmes, pour le moins. Les deux pourris qui se trouvaient sur le plateau, à l'arrière, sautèrent aussitôt pour se réfugier derrière le camion.

Ejectant la douille, l'Exécuteur visa encore un peu plus bas et creusa un trou dans le radiateur du camion. Un jet de vapeur jaillit, suivi d'un autre, d'eau poussiéreuse.

Le Klaxon du Chevrolet se tut quand quelqu'un, sur la banquette avant, tira le cadavre du chauffeur. Dans la manœuvre, son pied encore pressé sur la pédale de frein la relâcha, et, presque aussitôt, le camion commença de rouler vers l'arrière, dans la pente de la colline. Les hommes qui se cachaient derrière le camion sautèrent sur le côté, pour éviter d'être écrasés. Le Chevrolet prit rapidement de la vitesse, et, l'instant suivant, vint s'écraser contre la Suburban qui le suivait. La route était coupée, et l'Exécuteur avait ses quatre minutes.

CHAPITRE XIX

Roberto Murillo avait perdu connaissance quand sa tête avait heurté la vitre de sa portière. Il reprit conscience pour éprouver une très vive douleur dans le bas de la nuque. Une douleur qui le transperça lorsque la Suburban, en équilibre sur deux roues, retomba lourdement sur ses quatre roues et se trouva submergée par une mer de feu.

Cela ne dura qu'une ou deux secondes. Et, miraculeusement, ils passèrent à travers les flammes et se retrouvèrent en dehors du brasier. Le capot et l'aile droite du véhicule étaient couverts de cloques et de marques de brûlures. Les essuie-glaces avaient fondu sur le verre du pare-brise. La vitre de sa portière était noircie, et craquelée. Il dut la baisser pour voir ce qui se passait au-dehors.

Là, il découvrit un spectacle de dévastation. Un panache de fumée noire, huileuse et bouillonnante, large de plus de soixante mètres, montait vers le ciel, et, autour, un lac de feu dansait au-dessus de ce qui avait été la piste d'atterrissage. Le hangar n'existait plus, désintégré avec les réserves de carburant. Des pièces de métal continuaient de retomber sur le sol.

Le chauffeur de Murillo donna un grand coup de volant, afin de suivre les feux arrière du camion Chevrolet qui, loin devant, était aux trousses de la Suburban vert émeraude.

Murillo jeta un coup d'œil derrière lui, par la lunette arrière, pour vérifier si l'autre camion était toujours là. Il l'était. Des volutes de fumée s'élevaient de ses fenêtres ouvertes. C'était le dernier véhicule à être passé à travers la boule de feu, et il avait pris le gros du choc. Murillo apercevait les hommes, à l'intérieur de la cabine, qui essayaient d'éteindre un début d'incendie.

Le moteur de la Suburban gronda.

Murillo se laissa aller contre son dossier, songeant qu'il avait bien fait d'envoyer le sniper en solo. Et aussi de prévenir les flics d'arranger un petit comité d'accueil au pied de Bahia Concepción.

Son chauffeur ralentit au bas de la pente, négocia le virage et se dirigea à l'ouest, vers le canyon.

Avec la vitre ouverte et le pare-chocs arrière du camion Chevrolet à moins d'une trentaine de mètres, l'intérieur de la Suburban fut vite noyé de sable. Murillo remonta sa vitre, mais, même en fermant toutes les bouches d'aération, une fine poussière trouvait le moyen de s'infiltrer.

Sachant qu'il n'y avait rien d'autre à faire qu'attendre que le camion de tête ait rejoint l'autre Suburban, ou conduit leur gibier jusqu'aux flingues qui l'attendaient sur la Highway, Murillo décida de tenter de comprendre ce qui s'était passé. Comment une chose pareille avait-elle pu arriver ?

— Combien d'ennemis vous avez descendus dans le ranch ? demanda-t-il à son chauffeur.

Sa question se heurta à un silence chargé de malaise.

— Combien ? insista-t-il.

Il y eut un autre silence, puis le soldat répondit avec raideur :

— J'ai pas vu de morts, côté ennemi, patron. Rien que des gars à nous.

— Avec tous ces gravats, vous avez peut-être mal regardé...

— On a dû se sortir nous-mêmes des décombres de ce qui restait du couloir qui s'est effondré, répondit le soldat assis au milieu de la banquette arrière. S'il y avait eu des macchabées ennemis, on les aurait forcément vus.

— Mais qui tirait là-haut, alors ?

— Le grand type qui a pris les gamins. Je veux pas parler pour les autres, mais, moi, j'ai vu que lui.

Les soldats opinèrent du bonnet avec un bel ensemble. Comment était-ce possible ? se demanda Murillo, abasourdi.

— Quoi ? s'exclama-t-il enfin avec colère. Vous voulez me faire croire que nous n'avons pas été attaqués par un commando d'au-moins dix hommes ? Regardez, bon sang ! fit-il en tendant l'index vers la lunette arrière et l'énorme nuage de fumée qui emplissait le ciel. Un type tout seul aurait fait ça ? Et trente de mes gars n'auraient pas été foutus de l'arrêter ?

Les soldats, gênés, baissèrent les yeux.

— Abrutis ! lança-t-il avant de se détourner.

Roberto Murillo savait qu'il était dans la merde. Devant le moindre échec, Samosa n'avait aucune patience. Or, Murillo s'était fait déposséder des gosses du Parrain, de même qu'il avait perdu le contrôle de son ancienne maîtresse et des preuves qu'elle détenait. Et qu'un homme seul ait réussi à leur infliger tant de dommage ne faisait qu'aggraver les choses. Face à l'incompétence, le Seigneur des Mers n'avait plus de patience du tout.

La cause première des problèmes de Roberto s'appelait Yovana Ortiz. Si jamais cette salope transmettait aux fédéraux ce qu'elle savait sur le réseau de corruption qui constituait le centre de leur organisation, celle-ci s'effondrerait. Cette perspective ne plairait pas à Samosa, mais, vu l'importance du réseau international qu'il dirigeait, il pouvait momentanément réduire son champ d'action en ce qui concernait le Mexique. A contrario, le Mexique était tout ce que les frères Murillo contrôlaient.

Il n'y avait qu'une manière d'arranger les choses. Eliminer tous les passagers de la Suburban vert émeraude.

Roberto et son frère avaient toute la police locale à leur botte, de bas en haut de l'échelle hiérarchique, et comme il n'y avait aucun médecin légiste honnête à moins de huit cents kilomètres à la ronde, les meurtres pouvaient être facilement maquillés. Si, après avoir été rattrapée, la Suburban tombait dans le vide et brûlait avec les corps à l'intérieur, toute la responsabilité retomberait sur le kidnappeur : il avait quitté la route en tentant de s'enfuir. Fin de l'histoire.

Alors qu'ils escaladaient le versant d'une colline, Murillo entr'aperçut les feux de position d'un véhicule au sommet de la colline suivante.

— On a gagné du terrain, lui dit son chauffeur.

Le conducteur du Chevrolet qui les précédait avait dû lui aussi voir la faible lumière, car il accéléra encore, distançant du même coup la Suburban de Murillo.

— Plus vite ! ordonna le Mexicain. Ne le perds pas !

Les lacets incessants avaient fini par laisser la place à une bande de route toute droite, avec une légère pente. Puis une forte montée s'amorça. Au-dessus d'eux, tout en haut, la Suburban vert sombre avait disparu.

La pente était de plus en plus raide. La Suburban semblait danser d'avant en arrière tandis que ses roues luttaient pour trouver de l'adhérence sur le revêtement irrégulier.

Loin devant, le camion ralentit brusquement. Le chauffeur de Murillo laissa échapper un juron et donna un grand coup de frein. La Suburban s'arrêta, imitant le Chevrolet qui les précédait.

Et puis ils entendirent un Klaxon qui paraissait bloqué. Murillo baissa sa vitre et passa la tête à l'extérieur. Au même moment, les hommes qui se trouvaient sur le plateau du Chevrolet sautèrent au sol.

— Qu'est-ce qui se passe, bordel ? leur cria-t-il.

Mais ils n'eurent pas l'occasion de lui répondre. Les feux de stop du camion s'éteignirent en même temps que le Klaxon s'arrêtait de beugler. Presque aussitôt, le camion commença de reculer, dans l'étroite route pentue, et prit rapidement de la vitesse.

Roberto Murillo rejeta la tête en arrière, une seconde avant l'inévitable choc.

Drigo Martinez roulait depuis déjà un bon moment, quand il s'arrêta au sommet d'une des nombreuses collines qui parsemaient le paysage. Au-dessous, il apercevait une ligne beige qui coupait à travers la plaine brune, au pied des collines. La vieille route de San Bartolomeo avait été abandonnée des années plus tôt à cause des brèves mais intenses pluies saisonnières qui l'inondaient parfois.

Il s'élança dans la pente, slalomant entre les obstacles. Quand il atteignit la route abandonnée, il prit vraiment de la vitesse. Ce n'était pas sans danger, notamment à cause des profondes ornières, mais Martinez était un bon conducteur, et, quand il voyait jaillir un obstacle, il quittait la route pour le contourner. Ce qui impliquait parfois un détour conséquent sur un terrain défoncé.

Il avait parcouru une dizaine de kilomètres quand la colline, sur sa gauche, commença de perdre en hauteur, avant de se fondre dans la plaine. Au loin, il aperçut la dernière hauteur avant Bahia Concepción. C'était le vestige érodé par le temps d'un petit volcan. Il surplombait la route sur laquelle roulait la Suburban vert émeraude.

Et l'endroit qu'il avait choisi pour son embuscade.

Lorsque Martinez arriva au bas de la colline, il entreprit aussitôt son ascension, progressant sur la pente en décrivant de grands lacets. Un peu avant le sommet, il stoppa son véhicule et coupa le moteur. Quand il descendit, il avait les jambes tremblantes, sa chemise noyée de sueur et la bouche pleine de poussière. Il retira ses lunettes de soleil, les essuya au pan de sa chemise, avant de regarder la route, en contrebas.

S'abritant les yeux contre la forte réverbération du sol, il repéra une minitornade à la base de la colline la plus proche. Le nuage de poussière était à un peu moins de deux kilomètres et se rapprochait. Derrière lui, s'étendait le disque turquoise étincelant de Bahia Concepción. La pointe la plus au sud de l'immense baie était entre lui et la Highway. La route de San Bartolomeo continuait tout droit, bien plane, longeait la base de la petite colline sur laquelle se trouvait Martinez, avant de suivre le rivage, dont elle était distante d'une centaine de mètres.

Son H&K G-3 SG/1 en main, le sniper se plaça à l'aplomb de la colline et trouva une bonne position de tir derrière un affleurement rocheux. Il ôta les caches de la lunette Zeiss et examina le terrain, au-dessous de lui. De chaque côté de la route, des herbes et des roseaux grillés, de la hauteur d'un homme, prouvaient que l'eau circulait ici sous terre, au moins pendant une partie de l'année. Les roseaux étaient très clairsemés et ne fourniraient pas vraiment d'abri, pas plus que le reste de la végétation, trop rase. Martinez avait une bande dégagée d'environ deux cents mètres pour faire son boulot.

Il vérifia que son chargeur de vingt cartouches était plein, avant d'épauler le G-3 et de regarder dans la lunette. Il scruta le paysage jusqu'à ce qu'il repère un objet familier. Un bidon métallique de deux cents litres tout rouillé était couché sur le bord de la route. Il positionna ses fils de visée dessus. Le tueur pouvait connaître ses dimensions en utilisant la lunette, et du même coup estimer à quelle distance il se trouvait. Il put ainsi régler le compensateur Zeiss.

Après avoir enroulé la main dans la bandoulière du fusil, il commença la routine qui précédait invariablement chaque tir. Un rituel qui lui permettait de ralentir et d'approfondir sa respiration. De se détendre et d'éliminer toute possibilité de distraction.

Du commencement à la fin, cette procédure lui prit exactement une minute.

Alors, et alors seulement, il dégagea le cran de sûreté du G-3, serra bien la crosse contre son épaule et regarda de nouveau à travers la lunette.

Sortant d'un nuage de poussière tourbillonnante, la Suburban apparut. Martinez glissa son index dans la garde de la détente, puis enroula son doigt autour de la tige de métal incurvée. Derrière le pare-brise vérolé d'impacts de balles et zébré de fissures, il pouvait voir le conducteur du véhicule, un homme aux cheveux sombres. Le verre à l'épreuve des balles, vu son état, ne résisterait plus très longtemps.

Tout ce que Martinez avait à faire, c'était de tirer au milieu de la cible, en pleine tête.

Quand ses fils de croisée se posèrent sur le centre du pare-brise, il pressa la détente.

CHAPITRE XX

Dans la camionnette, l'air était brûlant et lourd de l'odeur mêlée de transpiration, de tabac et de graisse pour les armes. Sous les casques d'assaut en Kevlar aux visières relevées, le visage des dix-huit tueurs loués pour l'occasion était couvert de fond de teint marron. Ils portaient tous un gilet pare-balles complet, avec des protections pour les tibias et les avant-bras qui les faisaient ressembler à d'étranges samouraïs mexicains.

La couleur des uniformes, ainsi que des insignes, indiquait la provenance des équipements : la Federal Judicial Police. Le tout avait été volé dans une caserne située à la périphérie de Tijuana, avec en prime quelques grosses pièces d'artillerie. Quatre des soldats étaient ainsi équipés de mitrailleuses M-60 de fabrication américaine, et deux des pourris étaient porteurs de deux LAW chacun. Le reste de la troupe se contentait de fusils d'assaut Heckler & Koch 7.62 mm.

Des plans avaient été fixés sur les parois du véhicule, qui permettaient de se remémorer d'un seul regard l'agencement de la propriété de l'ancien président du Mexique, ses deux étages, l'ascenseur, l'escalier donnant accès au sous-sol et le sous-sol lui-même.

Murillo sentait la tension qui animait sa petite armée, même si chacun prêtait la plus grande attention à ce que l'homme à la fine moustache expliquait, indiquant avec sa baguette des points pouvant poser d'éventuels problèmes, et rappelant une dernière fois quels étaient les objectifs prioritaires de l'action à venir. Pour sa part, Ramon Murillo commençait à s'ennuyer ferme. C'était la deuxième fois qu'ils avaient droit à ce speech verbeux et quelque peu inutile. En effet, le plan consistait à faire une entrée aussi bruyante que spectaculaire dans la propriété de l'ex-président, par l'entrée principale, obligeant ainsi les hommes des Services Secrets qui se trouvaient au rez-de-chaussée ou au premier à battre en retraite dans le sous-sol afin de protéger leur témoin. Il y avait peu de chance que les agents essayent de défendre leur position jusqu'au bout. Ils tenteraient plutôt de retarder l'avancée ennemie pour permettre à Yovana Ortiz de quitter les lieux saine et sauve, avant d'emprunter le même passage.

Les mercenaires de Murillo n'avaient pas pour mission de poursuivre leur gibier et ses protecteurs dans le labyrinthe qui se déployait sous la propriété. Leur assaut, aussi violent et dur soit-il, n'était qu'un leurre. L'idée était d'amener les gringos à évacuer leur témoin pour le mettre à l'abri dans un autre lieu plus secret, ou de tenter de l'exfiltrer vers les Etats-Unis dans un délai plus rapide que prévu. Quant à réussir la prise d'assaut du bunker, cela eût été un suicide idiot, car la chose était impossible, sauf à y engager une véritable armée.

Pour que l'opération réussisse, il fallait que tout aille très vite. L'homme à la moustache avait bien souligné ce point. Les hommes devaient lancer l'attaque en déployant toute leur force de frappe. Et, une fois qu'ils auraient pu entrer dans le bâtiment, un tiers des effectifs serait chargé d'empêcher l'accès à l'étage supérieur et de bloquer là-haut les ennemis qui pourraient s'y trouver ; six autres hommes nettoieraient et défendraient un couloir qui desservait l'escalier et l'ascenseur ; et les six derniers utiliseraient ce couloir pour poser les explosifs.

Le sac rempli des charges se trouvait sur le plancher de la camionnette, près de trois caisses de munitions ouvertes.

Les explosifs étaient la cerise sur le gâteau. Ils feraient croire aux types des Services Secrets que leurs assaillants avaient l'intention de faire sauter une partie de la colline et de les ensevelir dessous.

L'idée en elle-même aurait plu à Murillo s'il y avait eu un moyen de garantir la mort d'Ortiz dans la manœuvre. Mais il arrivait que des gens survivent à l'effondrement de tunnels. Or, il était exclu que cette salope survive. Pour s'assurer de sa mort, Murillo devait en être témoin. Et le scénario qu'il avait écrit pour l'occasion lui faisait attendre ce moment avec impatience.

Le type à la moustache interrompit son discours et consulta sa montre.

— L'assaut sera donné dans exactement vingt minutes. Maintenant, vérifiez une dernière fois votre matériel avant que nous nous déployions.

Peu après, satisfait de la façon dont les choses étaient préparées, Murillo descendit du véhicule avec ses deux gardes du corps.

Le sommet de la colline, qui abritait les vastes et luxueuses villas de l'élite politique et financière de Tijuana, était faiblement peuplé. Les propriétés étaient peu nombreuses, immenses, et cachées derrière de hauts murs. Celle de l'ancien président ne faisait pas exception à la règle. Elle était retranchée derrière un mur en béton qui devait bien faire six mètres de haut.

Murillo et ses hommes marchaient de l'autre côté de la rue. Ils passèrent à la hauteur de l'entrée et de l'imposant portail d'acier ajouré, derrière lequel deux grosses camionnettes banalisées aux vitres teintées, à l'évidence fournies par les Américains, étaient stationnées pare-chocs contre pare-chocs. Elles étaient positionnées de façon à empêcher toute tentative d'enfoncer le portail avec un gros véhicule. Alors que Murillo passait à sa hauteur, deux rottweilers déboulèrent entre les camionnettes, montrant les dents. Leur présence expliquait les protections en Kevlar pour les tibias et les avant-bras dont la troupe d'assaut étaient équipée.

Murillo continua de suivre la route, rejoignant l'endroit où était stationnée sa Mercedes noire. Son chauffeur sortit et ouvrit la portière arrière gauche.

Ils roulèrent sur le boulevard pratiquement désert. Le terre-plein central qui le divisait, telle une autoroute, était planté de grands palmiers et d'une pelouse verte aspergée en permanence par un système d'arrosage automatique. Alors qu'ils roulaient vers le bas de la colline, la rue se rétrécit et son revêtement se détériora. Tout en bas, le chauffeur tourna sur la droite.

Comme il négociait le virage, apparurent les auvents aux couleurs éclatantes et les drapeaux claquants au vent du marché public. Celui-ci était établi au pied de la colline, sur un terrain vague.

— Arrête-toi, ordonna Murillo en chaussant ses lunettes.

Il y avait de nombreux camions et voitures mal stationnés des deux côtés de la rue. Le chauffeur finit de tourner et s'arrêta.

Murillo et ses gardes du corps sortirent de la Mercedes, puis se dirigèrent droit vers le marché et la foule qui s'y pressait, baignés dans une cacophonie de musiques sortant de dizaines de transistors. Ils s'engagèrent dans la première rangée d'étalages, où se vendait un peu de tout, vêtements, chaussures et articles de cuir, articles ménagers, cassettes audio, bijoux de pacotille et produits frais, disposés sur des étals improvisés, à l'abri du soleil.

Ils poursuivirent leur chemin jusqu'au bout de la rangée. A l'arrière du marché, coincée contre la colline, une aire circulaire avait été délimitée et meublée de chaises et de tables métalliques. Deux charrettes de fast-food servaient des poissons grillés au charbon de bois, des tacos à la viande et des boissons fraîches. Derrière, les membres d'un orchestre de mariachi s'étaient interrompus un instant pour bavarder.

Alors que Ramon Murillo se déplaçait entre les tables, il vit ce qu'il cherchait : la mère de feu Carlos. Elle était vêtue d'une blouse blanche de paysanne et d'une jupe imprimée de fleurs colorées. Elle avait fardé de rouge ses joues au teint cireux et maladif et peint ses lèvres d'un rouge très vif. Elle vendait des bottes de fleurs coupées, des roses et des œillets, placées dans des bidons de plastique alignés dans un chariot rouge vif qui avait dû naguère faire le bonheur d'un enfant. Quand il passa à sa hauteur, Murillo sourit. Il venait de songer que sa propre mère, cette pute qui l'avait abandonné, aurait eu le même âge si elle avait vécu.

Avec ses deux gardes, il s'installa à une table tout au bord de la terrasse improvisée. A sa gauche, de l'autre côté du marché, il repéra une camionnette bleu sombre aux vitres teintées, avec une plaque californienne. Des fédéraux. Sur sa droite, à une trentaine de mètres de la colline, en terrain découvert, se trouvait le sentier que la donneuse devrait emprunter. Il était le passage obligé pour qui sortirait du tunnel.

Murillo consulta sa montre. Encore cinq minutes. Il fit signe à la fille qui prenait les commandes.

— Apporte-moi une bouteille de Negra Modela.

— Et pour vos amis ?

— Ils ne prennent rien, répliqua Murillo.

Ses gardes du corps ne buvaient pas pendant le travail. De plus, ils étaient occupés. Derrière les verres teintés de leurs lunettes de soleil, ils surveillaient la foule, à l'affût de la moindre menace.

Quand la bière arriva, Murillo retira le quartier de citron qu'on avait fait rentrer dans le goulot de la bouteille et le pressa entre ses dents. Il but une longue gorgée de la bière presque glacée.

Murillo se sentait le maître du monde. Il avait hâte de voir ce qui allait se passer. Etre assis ici, environné de tous ces gens qui riaient et s'amusaient, et savoir que, dans quelques minutes, cette scène quotidienne tournerait à l'épouvante absolue, que ces gens se mettraient à crier et à courir dans tous les sens, cela provoquait chez lui une excitation difficilement contenue.

Quand le groupe de mariachi recommença à jouer, les gens assis à la *cantina* improvisée se mirent à taper dans leurs mains et à siffler.

Le mafieux savait ce que l'assassinat d'un témoin important au nez et à la barbe du gouvernement américain apporterait à la réputation de la Famille Murillo. Après ça, chacun aurait compris dans tout le Mexique qu'on ne pouvait pas échapper à sa colère. Que personne ne pouvait être protégé — pas même par le F.B.I. —, si elle avait décrété sa mort. Et le meurtre d'Ortiz ferait réfléchir les éventuels bavards. Satisfait de lui-même, il se laissa aller contre le dossier de sa chaise et prit une autre gorgée de bière fraîche.

Ramon Murillo était aux premières loges pour une représentation qu'il avait lui-même mise en scène.

A quelque trois cents mètres de là, dans une salle en béton bâtie dans les profondeurs de la colline, Hal Brognola était assis à une table, en face de Yovana Ortiz, attendant avec elle que Bolan donne de ses nouvelles. Il fournissait un effort terrible pour ne pas regarder la pendule murale, ainsi que Yovana Ortiz le faisait chaque fois qu'elle levait la tête. Quand leurs regards se croisaient, il ne cillait pas. Il la fixait d'une façon qui ne laissait rien filtrer de ses pensées.

Cela faisait trop longtemps que Brognola couvrait des opérations de ce type pour penser que celle de Loreto se passerait sans accroc. Si les choses devaient merder, elles merderaient.

Bolan et Grimaldi pouvaient mourir.

Les enfants d'Ortiz pouvaient mourir.

La mission était assez importante pour qu'on prenne des risques qui, en d'autres circonstances, auraient été écartés. Des hommes comme Mack Bolan et l'équipe d'agents du Black Warriors Ranch étaient irremplaçables, mais la récompense de cette prise de risque serait le démantèlement du bras mexicain de l'empire Samosa.

Quelle que soit l'issue de l'opération menée à Loreto, il devait réussir à faire traverser la frontière américaine à Yovana Ortiz, où elle pourrait être protégée et où l'on continuerait de l'isoler de sa famille et de ses amis. La faire sortir du Mexique était primordial pour mettre la main sur les preuves qu'elle détenait : pas besoin d'être un génie, en effet, pour imaginer qu'Ortiz avait planqué ses informations aux Etats-Unis, dans un endroit sûr et secret. Peut-être entre les mains d'un procureur. Dans le coffre d'une banque. Ou peut-être avait-elle enterré le tout sous une parterre de rosiers. Dans tous les cas de figure, Brognola ne pourrait jamais mettre la main dessus sans son assistance.

Ce qui se passait aujourd'hui n'était pas vraiment une nouveauté pour lui. Il l'avait déjà mis en pratique dans le cadre de ses fonctions au *Justice Department*. Mais, le plus souvent, avec des cannibales nauséeux. Dans le cas présent, il devait continuer d'exercer un contrôle physique sur une jeune femme qui pleurait la perte, temporaire ou définitive, de ses enfants. Même si elle n'en était pas consciente, elle resterait sa prisonnière jusqu'à ce qu'elle lui ait livré ses cassettes vidéo. Elle serait isolée, intimidée. D'expérience, Brognola savait qu'il lui faudrait des semaines, peut-être même des mois pour la faire tomber et lui donner les infos en sa possession.

Même s'il méprisait cette femme pour le moins peu regardante sur l'argent qui avait financé son train de vie, Brognola n'était pas pour autant un vengeur engagé dans une croisade impitoyable. Il pouvait comprendre, et il éprouvait de la compassion pour toutes les souffrances qu'elle avait déjà endurées pour se libérer du cartel de Samosa. Il savait qu'il était un peu responsable de la façon dont les choses avaient tourné, et s'il arrivait quoi que ce soit à ses fils, ce serait en partie sa faute. En lâchant l'Exécuteur sur les frères Murillo, il avait donné le signal d'une guerre totale.

Il avait comme une impression de nausée lorsqu'il songeait que la mort des deux garçons serait la meilleure chose qui pourrait lui arriver, à lui. Si une telle tragédie survenait, il devrait s'arranger pour faire en sorte que Yovana pense que Samosa avait lui-même commandité l'assassinat des enfants. Pour y arriver, il devrait fabriquer des preuves, des témoins, intimider d'autres informateurs. Tout le sale boulot, tout le sale attirail qui faisait le quotidien de la face cachée de la justice.

S'il parvenait à convaincre Ortiz, elle cesserait de couvrir son ancien amant, il en avait la certitude. Et si elle arrêtait de le protéger, il deviendrait vulnérable. Aussi important qu'il soit de faire tomber les bureaucrates mexicains corrompus qui permettaient au pipeline de drogue du cartel de fonctionner, le but ultime était de faire tomber le Seigneur des Mers lui-même. Pour y parvenir, Brognola utiliserait ses immenses pouvoirs, légaux et extra-légaux.

Ce n'était pas lui qui faisait les lois, et il n'était pas payé pour en débattre, mais pour en user, et en abuser à l'occasion. Son boulot consistait, en l'occurrence, à obtenir la tête de Jorge Luis Samosa.

CHAPITRE XXI

Même si la route de terre était maintenant rectiligne, Juanito avait toujours mal au cœur et la tête lui tournait. Il avait failli vomir sous l'effet combiné de la vitesse, des virages et de la peur. Il essayait de garder les yeux fixés droit devant, au-delà du pare-brise criblé d'impacts de balles, vers la ligne d'horizon. Bien qu'il ne sache pas exactement où ils se trouvaient, il avait une vague idée de la distance qui séparait Tijuana de Loreto. Plus de huit cents kilomètres. Il savait donc qu'il leur était impossible d'aller là-bas par la route, avec des hommes à leurs trousses. Il aurait aimé demander à leur sauveur ce qu'ils allaient faire, comment ils allaient s'en sortir, mais il n'osait pas.

De l'autre côté de la banquette, Pedro s'était peu à peu affaissé sur lui-même, le menton posé sur le torse, les yeux baissés. Sa peau avait une drôle de couleur, pâle et un peu verte. Lui aussi était malade.

— Regarde devant, lui conseilla Juanito. Tu te sentiras mieux.

Il terminait à peine sa phrase que quelque chose percuta violemment le pare-brise.

Ce son, Juanito le connaissait bien pour l'avoir déjà entendu. Un son qu'il n'oublierait jamais : on leur tirait dessus.

Alors qu'il en prenait conscience, une autre balle heurta le pare-brise. Mais, cette fois, un point brillant de lumière apparut au centre de la toile d'araignée de verre. Et, aussitôt, le vent s'engouffra dans ce trou avec un sifflement strident.

Mack Bolan réagit en tournant violemment sur la droite, puis sur la gauche, faisant sortir la Suburban de la route, d'un côté puis de l'autre. Les écarts violents projetèrent les garçons contre leur portière malgré leurs ceintures de sécurité.

Puis une grêle de projectiles s'abattit sur le véhicule. Les impacts étaient espacés de façon si régulière qu'ils semblaient presque rythmés. Sous l'averse, le rétroviseur côté passager se fracassa tandis que la vitre, du même côté, s'incurvait vers l'intérieur. Martelé par des balles de gros calibre, le capot fit entendre un bruit de ferraille.

Le Guerrier ne ralentit ni ne s'arrêta. Sur la longue route toute droite, ils n'avaient aucun moyen de se cacher. Le moteur de la Suburban mugit quand il accéléra.

Les balles continuaient de pleuvoir. Il y eut comme une explosion juste sous le siège de Juanito. L'arrière de la voiture s'affaissa de ce côté et commença de chasser. Un des pneus arrière avait explosé.

Alors que l'Exécuteur bataillait pour garder le contrôle de la voiture, le moteur fit entendre un horrible crissement métallique, suivi de toute une série de bruits sourds. On aurait cru qu'il se déchirait.

La vision fut soudain bouchée quand le capot se releva et que, à cause de la vitesse, il se retrouva plaqué contre le pare-brise.

Mack Bolan, ne voyant plus la route, freina brusquement. Le nez du véhicule plongea vers l'avant, et Juanito fut projeté contre sa ceinture, avant de revenir vers l'arrière avec une telle brutalité qu'il eut l'impression de voir des étoiles pendant quelques secondes.

Il se tourna vers son frère. A l'expression de son visage, il comprit que Pedro allait appeler sa maman. Juanito aussi voulait sa maman. Il voulait lui parler de toutes les choses horribles et effrayantes dont il avait été le témoin, les faire sortir de sa tête et de son cœur. Il voulait qu'elle le serre dans ses bras, qu'elle le réconforte ; il voulait s'asseoir sur ses genoux et poser la tête contre sa poitrine ; il voulait qu'elle lui caresse les cheveux en lui disant que tout allait bien se passer.

— Défaites vos ceintures de sécurité, ordonna leur pilote. Quand je vous le dirai, vous sortirez tous les deux de mon côté. Vous sortez et vous vous couchez au sol. Vous restez près de la voiture. Vous ne bougez pas jusqu'à ce que je vous le dise.

Juanito avait le sentiment que l'homme avait la situation en main, quoi qu'il arrive. Il ne paraissait jamais avoir peur, ne pas connaître la colère. Il semblait savoir exactement quoi faire et quand le faire. Il faisait preuve d'une assurance que Juanito n'avait vue que chez une seule personne : son père. Même si le monde s'écroulait autour de lui, il gardait un absolu contrôle de lui-même.

Après un long dérapage, la Suburban s'arrêta. Le moteur continua de faire entendre un épouvantable bruit de grincement.

— Maintenant ! lança le Guerrier. Dehors !

Je te tiens ! pensa Martinez quand la Suburban s'arrêta dans un nuage de poussière.

Il laissa tomber son chargeur presque vide et le remplaça rapidement, et, tandis qu'il reprenait sa position de tir, il se demanda ce qu'il ferait de ses milliers de dollars gagnés si facilement.

Dans la lunette Zeiss, il vit les portières s'ouvrir du côté conducteur et les personnes qui se trouvaient à bord s'éjecter. Même si, étant donné l'angle, le haut de la voiture et le châssis les mettaient dans l'immédiat à l'abri de ses balles, il savait que ses trois cibles n'avaient nulle part où aller. Quand il aperçut le conducteur qui sortait un fusil, il ne s'inquiéta pas trop : pour s'en servir, il faudrait qu'il se montre.

Martinez se concentra alors sur le côté de la Suburban, le prenant comme nouveau repère.

Dès que la tête de l'homme apparut au-dessus du toit de la voiture, il tira.

L'impact de la balle laissa un point argenté sur la peinture vert émeraude. A la façon dont la tête de l'homme avait disparu, Martinez comprit qu'il n'avait pas réussi à l'atteindre.

Ça n'avait pas d'importance. Il avait un angle idéal pour tirer. L'autre était dans l'incapacité de faire feu d'où il se trouvait, sauf à se découvrir. Il devrait tirer par-dessus le toit ou le capot de la voiture. Ou encore contourner le véhicule par l'avant ou l'arrière. Quoi qu'il essaye, Martinez l'aurait.

Il baissa légèrement son canon et tira. La seconde d'après, la roue avant droite de la Suburban se retrouva sur sa jante. C'était histoire de s'assurer que le véhicule n'irait pas plus loin.

Une tête apparut au niveau du pare-chocs avant. Une tête et le canon d'un fusil.

Martinez positionna ses fils croisés sur la tête et pressa la détente du H & K.

Le fusil lui rentra violemment dans l'épaule, mais, une fraction de seconde plus tard, il reçut un nouveau choc, plus haut, cette fois, au niveau de l'articulation. La douleur explosa dans sa nuque et dans tout son dos. L'impact le souleva, le fit tournoyer, et il se retrouva assis sur les fesses.

Alors qu'une douleur terrible se répercutait à travers son épaule, il se rendit compte que son bras droit était insensible jusqu'au bout des doigts. Le G-3 était posé sur ses cuisses, mais il était dans l'incapacité de l'atteindre.

Le haut de sa manche de T-shirt avait été proprement découpé. La balle 7.62 NATO avait fait voler en éclats l'articulation de son épaule : il pouvait voir la cavité, rougeâtre, très amochée. Toute la partie charnue de son épaule, les ligaments et les muscles avaient été réduits en des milliers de fragments, pulvérisés comme des minuscules confettis gluants sur les rochers derrière lui.

« Je dois bouger de là », songea Martinez.

Sauf qu'il était assis, à découvert, sans que son corps soit en mesure de lui répondre.

Ses jambes étaient incapables du moindre effort. Son bras gauche, qui n'avait pourtant pas été touché, n'avait aucune force. Il ne pouvait même pas l'utiliser pour rouler sur le côté. Le choc l'avait comme paralysé. Mais son esprit, lui, fonctionnait à plein régime.

— Oh ! mon Dieu ! lâcha-t-il dans un souffle.

Il savait exactement ce qui allait se passer et ferma les yeux une fraction de seconde avant qu'une autre ogive ne l'atteigne en pleine tête.

Au sommet de la colline, la tête du sniper se fracassa. Un instant, une bouffée rougeâtre de sang et de particules cérébrales se détacha sur le soleil. Puis le corps s'écroula sur le côté.

Bolan se redressa et jeta un coup d'œil aux garçons, qui s'étaient cachés autant que possible derrière la Suburban.

— Vous n'êtes pas blessés ? demanda-t-il. Ça va ?

Juanito et Pedro hochèrent la tête.

— Bien, alors remontez vite dans la voiture.

Il fit le tour du véhicule. Le moteur semblait assez mal en point. Il repéra plusieurs trous dans des pièces vitales. Sous le pare-chocs, par terre, l'antigel avait formé une flaque, un ruisseau verdâtre qui grésillait dans le sable.

Heureusement, il ne leur restait pas trop de route à faire, songea Bolan en rabattant le capot. Celui-ci ne fermait pas bien, mais cela suffirait. Il le fallait. Tout en rejoignant sa place, au volant, le Guerrier regarda vers l'est, par la lunette arrière explosée. Au loin, au-delà d'une éminence, il aperçut deux véhicules qui venaient vers eux.

Il avait perdu deux précieuses minutes.

Quand il pressa la pédale de l'accélérateur, la Suburban commença à rouler dans un bruit qui rappelait celui d'un marteau piqueur. Avec un moteur endommagé, et les deux pneus droits à plat, la Suburban ne dépasserait guère les cinquante kilomètres à l'heure, et encore, pas longtemps.

Alors que Bolan contournait la base de l'ancien volcan, il eut un premier aperçu visuel de la longue baie. Pas très loin de la route, vers le rivage, une remorque de camion frigorifique était abandonnée là, posée sur des parpaings. C'était là que les pêcheurs entreposaient leurs prises jusqu'à ce qu'un grossiste vienne récupérer la marchandise.

Quand le Guerrier sortit de la route, une fumée noire et épaisse commença de s'échapper du capot. La fumée s'infiltra dans les ouvertures du pare-brise, emplissant peu à peu l'habitacle.

— Il va bientôt falloir qu'on sorte et qu'on se mette à courir, annonça-t-il en criant presque, afin de couvrir le raffut du moteur. Vous pouvez courir ?

Pas de réponse.

— Vous pouvez courir ? répéta Bolan en jetant un coup d'œil dans le rétroviseur intérieur.

— On court très vite ! le rassura Juanito.

La Suburban fit un soudain bond en avant, puis le moteur cala.

— Dehors ! ordonna alors Bolan en ouvrant sa portière.

Les garçons n'eurent pas besoin de se le faire dire deux fois.

Comme ils sautaient de la banquette arrière, Bolan entendit le vrombissement familier d'un moteur d'avion. Il se tourna, regardant par-delà l'extrémité de la baie, et il aperçut le Cessna de Grimaldi rasant les sommets qui les entouraient. L'appareil plongea dans une pente, traversa la Highway et vola droit sur eux.

Pour atteindre la partie plate de la route où Grimaldi pourrait atterrir sans problème, l'Exécuteur et les enfants avaient à courir un peu moins de cinq cents mètres le long de la plage. C'était peu, mais ils n'auraient jamais le temps : par-dessus le toit de la Suburban, Bolan voyait les deux véhicules du ranch qui fondaient sur eux. Ils devaient trouver un endroit pour s'abriter. Et vite.

— Par-là ! lança-t-il en tendant le doigt. Vers la remorque. Et ne vous arrêtez surtout pas. Je suis derrière vous.

Il fut heureux de constater que les garçons couraient comme des lapins. Il leur emboîta le pas, s'efforçant de bien rester entre l'ennemi et les enfants.

Derrière lui, sur la route, les deux véhicules s'arrêtèrent dans un crissement de pneus derrière la Suburban, et quelqu'un commença de crier. Bolan songea que les armes automatiques n'allaient pas tarder à faire entendre leur staccato hideux. Et il avait raison.

Sirènes et gyrophares en batterie, l'officier de la police mexicaine Chuey Mandelo fonçait à toute allure sur la Highway numéro Un, depuis Loreto. Après tout, il s'agissait pour lui de prendre une retraite prématurée.

Il ne cessait de faire la navette entre sa voie et celle de la circulation d'en face, doublant les véhicules plus lents et leur coupant la route. L'autre voiture de police était pratiquement collée à son pare-chocs arrière. Alors qu'il roulait sur la voie de gauche, à presque cent cinquante kilomètres à l'heure, Mandelo vit arriver sur lui la calandre d'un gros camion. Il se rabattit sur la voie de droite presque au dernier moment. L'autre voiture, que conduisait l'officier Aguiar, n'aurait pas réussi la manœuvre si le chauffeur du camion n'avait pas fait le choix de sortir de la route.

— *Aye, aye, aye !* fit le partenaire et passager de Mandelo, Hidalgo Diamante.

Diamante souffrait d'un sérieux problème de surcharge pondérale. Impossible pour lui de boutonner le devant de son uniforme. Il vérifia que sa ceinture était bien bouclée alors que les pneus sous gonflés de la voiture de patrouille hurlaient dans un nouveau virage. Diamante suait abondamment.

La baie apparut enfin devant eux, sur la droite. Mandelo freina, en prévision du carrefour avec la San Bartolomeo Road. Celle-ci n'était pas signalée et plongeait droit dans le désert. Il engagea la voiture sur une mauvaise piste de terre, et, au bout d'une cinquantaine de mètres, il s'arrêta en travers dans un long dérapage. L'autre voiture de patrouille fit de même. A eux deux, ils bloquaient complètement l'accès à la route nationale.

L'officier prit son chapeau sur le tableau de bord et le vissa solidement sur son crâne. Puis il alla pêcher une paire de jumelles bon marché sous son siège.

— Hé, Chuey, regarde ça ! lança Diamante en désignant la pente qui descendait vers la baie.

Mandelo régla les jumelles. Pas très loin du rivage, il aperçut une voiture en feu. Il s'agissait sans erreur possible de la Suburban vert émeraude qu'ils étaient censés empêcher d'atteindre la route nationale. Un camion et une autre Suburban s'étaient arrêtés derrière, et des hommes armés, en qui Mandelo reconnut des soldats du ranch, pilonnaient les portières. C'était Roberto Murillo lui-même qui était à leur tête. Mandelo aperçut fugitivement une silhouette, seule, courant à travers les broussailles pour leur échapper, en direction de l'eau. L'assassin, cela ne faisait aucun doute. Il n'avait pas beaucoup de chances de s'en tirer : en tout, ils étaient presque à dix contre un.

Quand il prit conscience de ce fait, Mandelo sentit qu'il risquait de voir une affaire en or lui passer sous le nez. S'il ne jouait aucun rôle dans la capture du tueur, il devrait remettre à plus tard ses plans de retraite.

Des armes automatiques crépitèrent.

— On sort les fusils, les gars ! cria-t-il à ses collègues.

Diamante fit lentement le tour de la voiture. Il portait son pantalon très bas, sous la proéminence de son gros ventre, et les revers de son pantalon qui traînaient par terre étaient usés, frangés. Il ouvrit le coffre et sortit un fusil d'assaut Heckler & Koch de fabrication mexicaine. Il allait le passer à Mandelo quand un bruit, au-dessus de leurs têtes, l'interrompit dans son mouvement.

Surgi de l'éclat aveuglant du soleil, un avion monomoteur qui survolait la crête des montagnes, de l'autre côté de la route nationale, piqua soudain dans leur direction.

Instinctivement, Diamante mit un genou en terre quand l'avion passa à peine à plus de six mètres au-dessus de leurs têtes. Il passa si près qu'il fit voler le chapeau de Mandelo.

Grimaçant à cause du nuage de sable que l'appareil avait soulevé, l'officier de police se lança à la poursuite de son chapeau, qui roulait sur la route, loin de lui. Et alors qu'il lâchait un torrent d'insanités, l'avion vira brusquement, vers le nord et la baie.

Et l'officier, soudain, ne pensa plus à sa retraite mais à sauver sa peau. L'affaire était trop grosse pour lui…

CHAPITRE XXII

Comme Mack Bolan s'y attendait, des armes automatiques se mirent à jacasser dans son dos. Des balles griffaient le sable derrière lui. Il ne pouvait pas laisser les pourris s'approcher plus près au risque de voir les enfants touchés par un projectile. Il fit volte-face, mit un genou en terre, tout en épaulant à demi le M-89.

Regardant au-dessus de la lunette, il mesura en une fraction de seconde l'opposition à laquelle il avait affaire. Ils étaient dix, alignés devant les véhicules arrêtés, le visage à moitié masqué par un nuage de fumée. Et, à travers cette fumée, dix bouches de canons clignotaient en rafalant sur lui. Ils étaient encore trop loin pour provoquer de vrais dégâts, mais il fallait absolument les stopper dans leur progression. Il avait besoin d'en éliminer un ou deux, tout de suite, afin de faire passer un message simple : planquez vos miches si vous voulez continuer à respirer encore un peu.

Le gros fusil sursauta violemment entre ses mains.

Sa cible était l'expatrié à la barbe blanche qui lui tirait dessus, planqué derrière une portière de la Suburban. La balle NATO de Bolan creusa une fossette dans la carrosserie de la portière, avant d'atteindre Chip au niveau de l'estomac. La violence de l'impact le projeta vers l'arrière, et il laissa échapper son pistolet automatique. Quand il toucha le sol, il se recroquevilla comme un bébé apeuré. Mais il n'avait plus peur, car il était mort.

Bolan avait depuis longtemps fait jouer la culasse du M-89 et ajusté son prochain tir.

Au milieu de la mêlée, un des Mexicains fut violemment poussé vers l'arrière, les bras grands ouverts, et son arme s'envola, hors de portée. Pendant un court instant, ses jambes se levèrent et s'abaissèrent plusieurs fois, comme s'il pédalait en arrière, essayant de recouvrer son équilibre après le terrible coup qu'il venait d'encaisser au niveau du torse. Mais ce n'était qu'une réaction post-mortem.

Tandis que le pourri s'écrasait sur le sol, l'Exécuteur s'était redressé et mis en mouvement. Sans le M-89. Le gros fusil était efficace, mais, pour l'occasion, trop lourd et trop lent. En même temps qu'il courait rejoindre les enfants, le Guerrier déclippa le MAC-10. Derrière lui, les flingues s'étaient soudain tus.

Bolan avait réussi à s'ouvrir une fenêtre, mais elle était étroite et elle se refermerait rapidement. Devant lui, dans les broussailles, Juanito et Pedro galopaient par-dessus des amas de coquillages blancs laissés là depuis des siècles par les cormorans, les mouettes et les pélicans, en direction de la remorque frigorifique.

Mais avant que Bolan ait pu les rejoindre, l'ennemi se reprit. Des ogives vinrent faire gicler les coquillages, devant lui. Les tirs étaient encore imprécis mais ça ne durerait pas. Il s'élança, plongeant dans les buissons de cactées pendant que les balles sifflaient au-dessus de sa tête. Il atterrit comme il put, s'érafla le visage et les mains à la végétation, puis fit face aux tireurs.

Il surgit de derrière un bouquet de cactus géants, l'Ingram tressautant dans ses mains, et arrosa d'ogives brûlantes le flanc gauche des véhicules. Une courte rafale qui les ferait réfléchir avant de se lancer à ses trousses.

Mais, s'étant accroupi, il aperçut trois des pourris qui quittaient la piste pour rejoindre la route nationale. Ils essayaient de le déborder. Si jamais ils y parvenaient, ils pourraient rejoindre la remorque et les enfants.

Bolan se redressa et sprinta vers le rivage. Les projectiles hostiles le dépassaient et allaient percer la surface de l'eau. Les armes se turent dès qu'il eut plongé au-dessus du talus qui donnait sur la plage. Maintenant, pour l'avoir dans leur ligne de visée, il faudrait qu'ils abandonnent leurs positions protégées pour venir vers lui.

Près de l'eau, le sable humide était bien tassé, ce qui lui permit de courir plus vite. Il avait couvert la moitié de la distance qui le séparait de la remorque quand, derrière lui, il entendit des moteurs qui démarraient.

« Shit ! » pensa-t-il. Roberto Murillo et sa cavalerie avaient repris la chasse, mais sous la protection de leurs véhicules.

En une fraction de seconde, l'Exécuteur changea de nouveau de stratégie. Au lieu de continuer à suivre le rivage jusqu'à la remorque, il remonta le talus et coupa à travers le désert. Il aurait pu ainsi rejoindre la route, mais il n'alla pas aussi loin. Devant lui, il aperçut les trois hommes qui se faufilaient au milieu des broussailles et se frayaient aussi discrètement que possible un chemin vers la plage.

Ils ne le savaient pas encore, mais c'étaient eux qui avaient été débordés.

Le Guerrier continua de courir, tout en ajustant son angle d'attaque. Il chargea droit sur le pourri le plus proche. Le type leva les yeux au moment où l'Exécuteur surgissait des broussailles et couvrait en sprintant les derniers mètres. Mais il était déjà trop tard pour le soldat du diable.

En pleine course, Bolan fit feu avec le MAC-10, d'une seule main et le bras tendu. Le pistolet-mitrailleur jacassa cinq fois. Deux des balles se perdirent dans la nature, manquant l'épaule du flingueur de quelques centimètres. Les trois autres trouvèrent à se loger dans sa gorge et sa clavicule droite.

Le second pourri, qui était à une dizaine de mètres de Bolan, eut un peu plus de temps pour réagir. Il réussit à faire descendre son fusil d'assaut de son épaule à sa main avant que l'Exécuteur soit sur lui. Mais Bolan tira alors qu'il se trouvait à environ deux mètres de l'homme, et un essaim de balles alla perforer le torse du cannibale. Il était mort avant d'avoir touché le sol.

Le troisième avait eu le temps de se préparer. Mais, en voyant à quel genre d'opposition il avait affaire et ce qui était arrivé à ses copains, il décida d'essayer une autre tactique. Changeant soudain de direction, il se rua vers le talus donnant sur la plage.

Bolan suivit le mouvement. Faisant passer le pistolet-mitrailleur dans sa main gauche, il saisit le Beretta 93-R dans son holster d'épaule. Le pourri fonçait à travers les broussailles. Bolan garda le type dans sa ligne de mire pendant une demi-seconde, avant de presser la détente. Le 93-R fit entendre un bref craquement. La balle ricocha sur le sable. Il visa de nouveau sa cible mouvante et, les pieds bien positionnés, comme au pas de tir, il relâcha la moitié de son aspiration.

Les épaules et la tête du flingeur disparurent dans les buissons, et il heurta le sable avec un bruit sourd.

Derrière le Guerrier, les moteurs rugissaient. Le camion et la Suburban étaient sortis de la route et roulaient à travers les broussailles, en direction de la remorque, mais ils étaient ralentis par le slalom que leur imposaient les cactus géants.

L'Exécuteur courut vers la plage, et, dès qu'il eut sous les pieds un sol vraiment ferme, il donna tout ce qu'il avait dans les jambes. Il retrouva les garçons du côté de la remorque qui faisait face à la mer, blottis contre les parpaings qui lui servaient de fondations. Une odeur suffocante de poisson pourri emplissait l'air.

— On a eu peur qu'ils vous aient tué, dit Juanito.

— Ça va, assura Bolan.

Il ruisselait de sueur et dut s'essuyer les mains sur son pantalon.

— On ne va pas mourir, monsieur ? demanda encore l'aîné des garçons, qui avait du mal à cacher sa peur.

— Vous n'allez pas mourir, lui promit le Guerrier. Et vous verrez bientôt votre maman.

— C'est promis ?

— Je te le promets.

Bolan s'inquiétait davantage au sujet de Pedro, qui semblait sur le point de s'évanouir sous le coup du stress et de la fatigue.

— Tout va bien, petit, murmura-t-il en posant la main sur son épaule. On va se sortir de là tous les trois. C'est bientôt fini.

En entendant des voitures klaxonner, le petit garçon sursauta violemment, comme s'il avait été frappé. Comme à ce signal, les armes automatiques firent de nouveau entendre leur hideux staccato et des balles vinrent marteler la remorque. Le métal, ancien et rouillé, n'offrait pas une grande résistance, et deux projectiles passèrent à travers.

— Couchez-vous ! ordonna Bolan en obligeant les garçons à se mettre à plat ventre, derrière la double rangée de parpaings du soutènement.

Acculés contre la baie, pris en sandwich par les tueurs, ils n'avaient nulle part où aller. Et, à en juger par la férocité aveugle de l'attaque, l'Exécuteur avait compris que les soldats de Murillo étaient décidés à tuer les enfants. Les circonstances auraient-elles été différentes, qu'il aurait envisagé de déposer les armes afin qu'on épargne leurs vies. Mais cette option n'était pas envisageable, car la reddition ne les sauverait pas.

Jack Grimaldi passait une nouvelle fois au-dessus de la mer de Cortez, faisant décrire un grand virage au Cessna. Lors de son premier passage, il avait pu constater que Bolan était en mauvaise posture, qu'il n'avait plus de véhicule et qu'il lui était impossible de rejoindre la route qui devait servir de piste improvisée au petit avion. Quant aux voitures de police stationnées près de la route nationale, et qui lui avaient donné quelques instants d'espoir, elles ne semblaient pas disposées à apporter la moindre aide au Guerrier : si cela avait été le cas, les policiers seraient déjà intervenus.

Quand il vira au sud, il abaissa le nez de l'avion pour mieux voir : la situation s'était gravement détériorée.

Son vieux complice et les gamins étaient couchés derrière une remorque de camion, pris au piège par un violent pilonnage en provenance d'un pick-up et d'une Suburban.

Au vu de cette impasse, Grimaldi décida d'entrer dans le jeu. Il remit les gaz et se dirigea droit sur la route nationale. Quand il l'eut atteinte, il vira sur l'aile, suivant le même cap que la première fois, au-dessus du rivage à l'extrémité sud de la baie. Quand il se fut mis en ligne, il ouvrit la vitre coulissante de son côté. Tout en pilotant d'une main, il se pencha sur le siège du copilote, où une petite caisse olive était fixée avec la ceinture de sécurité. Il souleva le couvercle et fourragea à travers les copeaux d'emballage pour saisir deux grenades à fragmentation, qu'il posa sur ses genoux.

Prenant les commandes de la main droite, il fit passer les deux grenades dans sa main gauche et tira le capuchon de sécurité avec ses dents.

Le pick-up se trouvait à une centaine de mètres, droit devant, et à environ trente mètres au-dessous de lui. Le pilote fit jouer les ailes du Cessna, de manière à perdre près de la moitié de son altitude. En même temps qu'il piquait, il arma les deux grenades. Les flingueurs planqués derrière le pick-up et la Suburban tournèrent les yeux vers lui, puis ils levèrent leurs armes. Les deux véhicules n'étaient séparés que d'une vingtaine de mètres. Etant donné la vitesse de Grimaldi, ils auraient tout aussi bien pu être stationnés côte à côte. Il laissa tomber ses grenades par la fenêtre, remit les gaz et, virant brusquement, il s'éloigna de la plage, vers la baie.

Quatre secondes passèrent. Puis, derrière lui, il entendit deux coups de tonnerre, pratiquement simultanés.

Abrité derrière la Suburban, Roberto Murillo tirait sur la base de la remorque, avec soin, une balle après l'autre, avec l'espoir d'atteindre quelqu'un planqué derrière. Du coin de l'œil, il perçut le reflet du soleil sur le pare-brise du Cessna. Il s'interrompit, baissant son M-16. L'avion, qui avait viré, se dirigeait vers eux, perdant de l'altitude en suivant la ligne du rivage. Ses hommes s'arrêtèrent de tirer et levèrent eux aussi les yeux, pensant que le coucou allait se poser sur la plage. Mais le Cessna piquait droit sur leur position.

Alors que Murillo épaulait son fusil, quelque chose tomba de la fenêtre du pilote. Quelque chose de noir et de petit, de la taille d'une balle de base-ball. Avant que l'objet atterrisse à côté du camion, avant que Murillo ait pu faire feu, l'appareil était passé au-dessus d'eux en soulevant un nuage de poussière qui les aveugla.

Les yeux fermés, le chef mafieux ne vit pas la seconde grenade, qui atterrit derrière lui, à moins de cinq mètres.

La première explosion secoua le pick-up, arrachant les portières et faisant voler les hommes qui se trouvaient derrière. Murillo vit l'éclair puis, une demi-seconde plus tard, il eut l'impression que la main d'un géant le poussait de l'arrière. Son crâne s'abattit sur le toit de la Suburban, et il perdit connaissance pendant un instant.

Quand il revint à lui, il était à genoux dans le sable, les oreilles bourdonnantes. Regardant autour de lui, il vit des hommes étalés derrière lui. Leurs corps l'avaient protégé de l'explosion, mais aussi du shrapnel. Edwards et Ryan étaient étendus sur le ventre, le torse criblé d'une centaine de blessures sanglantes. Fat Carlson était assis, les mains fermées sur son fusil, le visage noirci par la suie. Il ouvrit et ferma la bouche, sans produire le moindre son. Il avait la gorge ouverte, d'une oreille à l'autre, et le sang s'écoulait à gros bouillons sur le devant de son T-shirt.

L'autre survivant était un Mexicain. Il était couché sur le dos, les bras et les jambes écartés, et laissait échapper un gémissement continu. Murillo comprit qu'il devait avoir la moelle épinière sectionnée.

Quand le chef mafieux essaya de se redresser, la douleur le transperça et il se rendit compte qu'il avait été touché à l'arrière du genou droit. Il parvint à se lever en se tenant à la Suburban. Par-dessus le toit, il vit le gringo et les deux gamins qui couraient le long du rivage vers le bout de la plage. L'avion décrivait un arc de cercle au-dessus de l'eau et, comme il revenait, sa vitesse tomba.

« Le con ! Il va atterrir et récupérer les gamins ! » songea Roberto Murillo.

Agrippant son arme, il essaya de continuer le combat, mais, à cause de sa jambe blessée, il ne pouvait que boitiller. Il ne franchit qu'une quinzaine de mètres avant que la douleur ne le terrasse. Il tomba sur le sable, atténuant sa chute à l'aide du M-16. Au sol, il ne pouvait plus voir les trois silhouettes, mais il apercevait, stationnées en travers de la piste, ainsi qu'il l'avait ordonné, deux voitures de police, à environ quatre cents mètres de lui.

— Tirez ! hurla-t-il. Mais faites quelque chose, bon sang ! Faites quelque chose...

L'officier de police Mandelo et ses collègues regardèrent avec stupéfaction l'avion effectuer son largage de grenades sur les soldats de Murillo. Et ils furent tout aussi abasourdis quand ils virent le Cessna descendre après avoir effectué un demi-tour au-dessus de l'eau, comme s'il avait l'intention d'atterrir sur la plage au plus près de la mer.

— Il va s'écraser et l'appareil va exploser, prédit Diamante.

Le moteur de l'avion se mit à tourner au ralenti. L'appareil descendit en douceur et ses roues se posèrent sur le sable humide et ferme avec la délicatesse et la légèreté d'une plume.

— Putain, il est bon, le mec, commenta Mandelo. Vraiment bon.

Le Cessna rebondit une fois, ralentit, mais continua de rouler. Avec sûreté, le pilote fit faire demi-tour à l'appareil et s'arrêta. Montant aussitôt le moteur à haut régime, comme pour redécoller, il garda l'appareil à l'arrêt en bloquant les freins.

Mandelo leva ses jumelles. Il put ainsi voir un homme et deux jeunes garçons qui couraient sur la plage, en direction de l'avion. A côté de lui, Diamante et Aguiar calèrent leurs fusils d'assaut sur les pare-chocs avant des voitures de patrouille et visèrent l'appareil. Mandelo tourna ses jumelles sur ce qu'il restait des forces de Murillo, chercha un survivant, mais ne repéra aucun mouvement. Visiblement, ils y étaient tous passés.

Une désagréable évidence s'imposa alors à l'officier de police : si Roberto Murillo était mort, personne ne pourrait les récompenser pour les meurtres qu'ils s'apprêtaient à commettre. Les cartouches pour les fusils automatiques étaient chères, et ils les payaient sur leurs propres salaires...

— Laissez tomber, dit-il aux autres. Ne tirez pas.

Quand Diamante tourna vers lui un regard interrogateur, Mandelo lui assena sans ambages :

— Si on reste là plus longtemps, quelqu'un va bien finir par nous remarquer. Et si quelqu'un nous voit, il va falloir qu'on enquête sur ce qui vient de se passer ici. Cette histoire m'a tout l'air d'un sac d'embrouilles. Ça risque de prendre des heures d'essayer d'y voir clair. Et puis, il fait chaud, très chaud...

Diamante s'essuya le visage avec son pan de chemise.

— D'accord avec vous, lieutenant ! Il fait trop chaud pour un truc pourri comme celui-là, reconnut-il.

— Alors, tirons-nous vite d'ici ! conclut Mandelo.

Quand le pilote toucha le sol, Mack Bolan et les garçons fonçaient déjà à travers la plage pour le rejoindre. Le temps que Jack Grimaldi ait fait faire demi-tour au Cessna, ils étaient à moins de dix mètres. Le Guerrier fit contourner l'appareil aux garçons, par l'arrière, jusqu'à la portière côté passager, qu'il ouvrit.

— *Buenas tardes !* lui lança Grimaldi.

— Merci pour le coup de main, répondit simplement l'Exécuteur.

— Y a pas de quoi, vieux frère. Pour une fois qu'on s'amuse...

Bolan se pencha vers le siège de copilote, posa la caisse de grenade sur le repose-pied, et aida les deux garçons à s'installer à l'arrière. Dès qu'il se fut assis à côté de Grimaldi, celui-ci relâcha les freins. Le Cessna prit rapidement de la vitesse, rebondit violemment sur une ornière, puis il s'éleva.

Ils étaient à six ou sept mètres du sol quand des balles passèrent à côté du pare-brise, juste devant l'aile.

— On dirait qu'on en a oublié un, commenta Grimaldi en désignant un point devant lui.

A travers le pare-brise, Bolan vit un homme agenouillé sur la route, et qui leur tirait dessus.

— Il est increvable, ce pourri ! cria-t-il en reconnaissant Roberto Murillo.

Il se saisit d'une grenade dans la caisse qui se trouvait à ses pieds et la dégoupilla.

— Donne-moi le bon angle, demanda-t-il à l'ami Jack en même temps qu'il faisait glisser la vitre de sa portière.

La manœuvre ne prit que quelques secondes et, lorsque l'avion passa sur la gauche de la silhouette agenouillée, Bolan laissa tomber la grenade en piqué.

Roberto Murillo ne pensait à rien d'autre qu'à descendre l'avion. Il tira une série de courtes rafales, visant le pare-brise et l'hélice. Mais, avec sa jambe blessée qui l'avait forcé à s'agenouiller, sa position n'était pas aussi assurée qu'il aurait voulu, et, en position automatique, il ne contrôlait pas assez bien les mouvements du canon de son arme. Ses balles se perdaient dans le bleu.

Le Cessna passa au-dessus de lui, visiblement indemne. Et une balle de base-ball noire en dégringola. Sauf que, cette fois, Murillo savait que ça n'était pas une balle. Il pivota et essaya de quitter sa position aussi vite que sa jambe le lui permettait.

L'explosion le cueillit de côté et l'envoya s'écraser sur la route. Il sut qu'il était salement touché. Le côté gauche de son visage était totalement insensible, de même que son bras gauche. Il se redressa péniblement sur son coude droit. Du sang coulait de sa mâchoire, dégouttant sur le sol. Son bras gauche avait été entaillé en une douzaine d'endroits.

En cet instant, l'unique bruit audible était le vrombissement régulier de l'avion qui virait vers le nord et prenait de l'altitude au-dessus de la baie.

Murillo roula sur le dos et se mit à gémir. Le voile du choc commençait à se dissiper, remplacé par des décharges d'une douleur insoutenable. A environ trois cents mètres, il vit au-dessus de lui un vol de busards qui tournoyaient en rond dans le ciel pur, jouant avec les courants thermiques.

Bientôt, ils percevraient l'odeur de la mort. Bientôt, ils descendraient en spirale et atterriraient sur le torse des hommes à terre. A coups de becs et de serres, faisant claquer leurs ailes noires, ils se battraient pour leur arracher les yeux.

CHAPITRE XXIII

A la fin du compte à rebours, les soldats de Ramon Murillo ouvrirent à la volée les portes arrière de la camionnette en mouvement, et ils se déversèrent dans la rue. Ils avaient tellement répété l'opération que, confrontés à sa réalité, ils étaient détendus, alertes et enthousiastes.

La moitié de la troupe traversa le grand boulevard à fond de train. Ils atteignirent le haut mur de la propriété, puis le longèrent en direction du portail. L'autre moitié remonta l'avenue au pas de course, rejoignant le terre-plein central arboré, juste en face de l'entrée. Les deux hommes armés de LAW s'agenouillèrent près de la base des palmiers, déployèrent les tubes et épaulèrent les lanceurs.

De l'autre côté du portail, un garde portant une chemise écossaise apparut. En découvrant les hommes en tenue de combat postés au milieu de l'avenue, il tournoya aussitôt pour se mettre à l'abri, attrapant dans le mouvement le talkie-walkie accroché à sa ceinture.

Deux roquettes furent lancées. Quand les ogives touchèrent le point de jonction entre les deux battants du portail, ils déclenchèrent une effroyable explosion qui souffla le portail, arrachant les gonds métalliques des montants de béton, et envoya les éléments du portail s'écraser contre les deux camionnettes qui bloquaient l'accès.

Avant que la fumée ne se dissipe, avant que tous les débris ne soient retombés, les deux soldats avaient déjà abandonné les lanceurs utilisés pour en prendre des neufs. Deux roquettes filèrent aussitôt à travers le boulevard. Leurs ogives hautement explosives transformèrent les deux camionnettes en bombes incendiaires, renversant sur le côté les restes de métal tordu et brûlant des épaves.

Les tueurs traversèrent l'avenue pour soutenir l'autre équipe se présentant devant ce qui restait de l'entrée. Alors qu'ils s'engouffraient dans la propriété, ils furent assaillis par une meute de rottweilers.

Sans un aboiement, les molosses bondirent et attaquèrent, fermant leurs mâchoires sur l'avant-bras des hommes et secouant la tête pour tenter de jeter leurs adversaires à terre.

Les pourris réglèrent le problème que posaient les chiens en agissant par binôme. Un homme occupait l'attention d'un animal en le laissant s'acharner sur son avant-bras protégé tandis que l'autre se mettait en position de tir. Des coups de feu claquèrent et, l'un après l'autre, tous les rottweilers furent abattus.

Alors que deux hommes de la force d'assaut s'élançaient vers la porte d'entrée principale du bâtiment, une tête apparut à une fenêtre du premier étage.

Un homme armé d'un pistolet.

Quelqu'un lança un cri d'avertissement. Se postant derrière les restes des deux camionnettes, un tiers de la troupe ouvrit le feu, explosant la fenêtre, martelant le revêtement de l'encadrement, criblant de balles la pierre blanche de la façade. Les soldats de Murillo arrosèrent de la même manière les autres fenêtres donnant sur l'avant, pour empêcher ceux qui se trouvaient à l'intérieur de tirer et permettre ainsi à leur commando d'atteindre la porte sans encombre.

Quand ils y parvinrent, deux tueurs s'activèrent rapidement et placèrent des petites charges explosives dans l'encadrement de la porte, aux quatre coins, puis allèrent s'abriter de part et d'autre de l'entrée.

Il y eut une grosse explosion, un nuage roulant de fumée, et les battants de la porte furent projetés vers l'intérieur. Aussitôt, la troupe se répandit dans la villa.

Hal Brognola se trouvait dans une pièce de l'étage, au téléphone, quand tout le bâtiment fut violemment secoué. Les grandes fenêtres s'ouvrirent, fracassées par le souffle. Le sol parut onduler sous ses pieds. Avant qu'il ait pu raccrocher, une seconde série d'explosions déchira l'air, l'obligeant à chercher un point d'appui pour ne pas tomber.

L'agent qui se trouvait avec lui dans la pièce sortit son arme et se précipita à la fenêtre — du moins à ce qu'il en restait. Mais, avant qu'il ait pu faire quoi que ce soit, des armes automatiques se déchaînèrent et une nuée de frelons mortels s'abattit sur lui. Touché plusieurs fois au torse et à la tête, l'homme tituba vers l'arrière avant de se s'effondrer sur le verre brisé qui couvrait le sol.

— *Shit !* gronda Brognola en récupérant le mini-Uzi de l'agent.

Son pire cauchemar était en train de devenir une réalité. Les cannibales prenaient la maison d'assaut. C'était la première fois depuis des siècles que le grand fédéral se trouvait directement sur le terrain de l'action, et il se crut revenu à l'époque héroïque de ses trente ans.

Il quitta la pièce alors que des balles continuaient de se perdre dans le mur du fond. Quand il atteignit le couloir, une nouvelle explosion secoua le sol. Celle-ci était plus étouffée que la précédente, moins puissante, mais juste au-dessous de lui.

Il jura. La porte d'entrée ! S'ils étaient déjà là, cela signifiait que sa route jusqu'à l'ascenseur risquait d'être bloquée. Il changea de direction et remonta le couloir.

Devant lui, deux gardes sortirent d'une pièce, l'air assez perplexe.

— Suivez-moi ! lança-t-il en passant devant eux.

Quand ils eurent atteint l'escalier qui se trouvait à l'arrière du bâtiment, Brognola s'arrêta, haletant.

— Donnez l'alarme, dit-il à un des agents. Prévenez les gars du bunker que je descends. Qu'ils se préparent pour une évacuation totale par le tunnel.

Tandis que l'homme déclippait son talkie-walkie, Brognola commença de descendre l'escalier. Des rafales crépitèrent à l'avant de la maison. La bataille faisait rage. Le canon de son Uzi pointé droit devant lui, il atteignit un premier palier et jeta un coup d'œil.

Personne.

Lorsqu'il se retrouva au rez-de-chaussée, les conditions changèrent. Dans le couloir, les rafales crépitaient de tous les côtés. Il constata que deux de ses hommes avaient pris position sur sa droite dans les encadrements les plus proches de l'ascenseur, dont les portes étaient ouvertes. Un autre agent tirait depuis l'intérieur de la cabine, arrosant le couloir avec son arme.

— Hé ! leur cria le fédéral par-dessus la mitraille. Couvrez-moi !

Les armes des agents concentrèrent leur feu sur les forces ennemies, de l'autre côté du hall, et le vieux soldat s'élança. Pratiquement plié en deux, il se jeta dans la cabine de l'ascenseur et se redressa aussitôt.

— Amenez-vous ! lança-t-il aux deux hommes embusqués. Montez !

Il fit passer le museau du mini-Uzi dans l'ouverture de l'ascenseur et balança une série de courtes rafales, couvrant ainsi son équipe. Dès qu'ils eurent à leur tour rejoint la cabine, il pressa le bouton de descente.

Par-dessus le crépitement des armes automatiques, un carillon tinta, incongru, et les portes se fermèrent dans un souffle léger.

Juste à temps.

Venant de l'extérieur, des bruits de course annonçaient l'arrivée des troupes ennemies.

La cabine commença à descendre. Quand elle s'immobilisa et que les portes s'ouvrirent, Brognola dit à un des hommes :

— Vous, restez dans la cabine. Ne la laissez pas repartir. Les portes doivent rester ouvertes.

Deux autres hommes armés l'attendaient dans le couloir. Le plus costaud, qui avait des cheveux poivre et sel coupés en brosse, était David Brunell, le chef de la sécurité.

— Quels effectifs ? lui demanda Brognola.

— Kline et Baxter sont avec le témoin. Il semblerait qu'on soit en tout huit, à ce niveau.

— On se replie vers la sortie.

Alors qu'ils se mettaient en mouvement, une rafale transperça le toit de la cabine et ricocha sur le sol, obligeant les hommes à se mettre à l'abri. L'agent chargé de la cabine eut moins de chance : il fut traversé par une pluie de projectiles. Touché à la tête et au dos, il s'écroula.

Avant que quiconque ait pu les atteindre, les portes de l'ascenseur se fermèrent. Faisant entendre son petit carillon, la cabine commença de s'élever.

— On y va, vite ! lança Brognola. Ils vont nous tomber dessus dans une ou deux minutes.

Il passa la tête dans la salle de réunions. Yovana Ortiz était debout. Par-dessus sa robe, elle portait un gilet pare-balles renforcé et semblait terrifiée.

— Ce sont les Murillo, n'est-ce pas ? demanda-t-elle. Ils sont venus pour moi.

Au-dessus d'eux, le son étouffé de la fusillade avait pratiquement cessé. C'était un signe peu encourageant. Les agents qui se trouvaient au-dessus d'eux semblaient ne plus être en mesure de s'opposer à leurs assaillants.

— On ne peut pas rester ici plus longtemps, décida le fédéral sans répondre à la question de la jeune femme. Nous avons une issue de secours et nous allons l'utiliser.

Quand Yovana parut dans le couloir, toute l'équipe se mit en mouvement avec elle, l'encadrant de toute part.

Alors que le groupe allait prendre sur la droite, Brognola entendit un carillon : derrière eux, les portes de l'ascenseur devaient être en train de s'ouvrir. Il avait commencé de crier pour alerter les autres quand une explosion, d'une violence inouïe, ébranla l'espace confiné. L'onde de choc était mille fois plus importante que ce qu'il avait ressenti quand il se trouvait à l'étage. Le sol du couloir parut se soulever, les murs jouèrent au ping-pong avec lui. Un nuage de poussière, suffocant, lui passa dessus tandis que, derrière eux, une portion du plafond s'effondrait et que l'électricité se trouvait coupée.

Quand la lumière revint — il avait suffi de trois secondes pour que le groupe électrogène de secours se mette en route —, le fédéral se redressa et repéra aussitôt la jeune femme. Elle semblait étourdie, mais pas blessée, constata-t-il en l'aidant à se lever.

— Ces enculés essayent de nous enterrer vivants ! lança Brunell.

— Chef, où est Kline ? demanda alors un des agents. Il était juste derrière moi.

Il ne leur fallut pas longtemps pour le découvrir. Sa main dépassait de sous les décombres. Ses doigts ne bougeaient pas. Ses équipiers déplacèrent les blocs de béton qui le recouvraient, mais s'arrêtèrent bientôt quand ils eurent dégagé sa tête, défoncée par un morceau de la dalle du plafond.

— Il faut qu'on sorte d'ici ! décida Brognola. Allez ! Au pas de course.

Ils coururent dans le couloir sur une cinquantaine de mètres et tombèrent sur une grosse porte en acier, munie d'un triple système de verrouillage. Il fallut deux hommes pour libérer les serrures et trois pour ouvrir le battant.

La porte donnait sur une grosse canalisation rouillée d'environ un mètre quatre-vingts de diamètre. Un rayon de soleil lointain perçait l'obscurité du tunnel.

Par binômes, leur témoin au milieu, ils s'élancèrent en avant, vers la lumière.

Dehors, l'après-midi était ensoleillé et assez doux. Et il n'y avait aucune menace apparente. Il leur fallut à tous quelques instants pour retrouver un comportement naturel.

Dès qu'il sortirent, David Brunell prit la tête du convoi, descendant la colline pour rejoindre le petit sentier qui la longeait. Tout le monde était à l'affût de la moindre attaque, prêt à y répondre. Lorsqu'ils eurent rejoint le chemin, ils se déplacèrent en file indienne, au pas de course. Le fédéral fermait le rang, regardant sans cesse par-dessus son épaule et vérifiant qu'ils n'avaient pas été suivis à l'extérieur du tunnel.

Devant eux, s'étendait le marché public, plein de couleur et grouillant de monde. Pour ce que Brognola pouvait voir, les gens qui se trouvaient là n'avaient absolument pas conscience de ce qui se passait sur la colline. Il était possible qu'à leurs oreilles, les coups de feu et les explosions n'aient pas fait plus de bruit que des pétards. Il était aussi possible que le groupe de musique mariachi, qui jouait très fort, ait en partie couvert le bruit. Quant à ceux qui, par hasard, levaient les yeux vers le sentier et découvraient cette colonne d'hommes armés, avec cette femme, seule, au milieu, ils fixaient sur ce spectacle inhabituel un regard simplement intrigué.

Ralentissant le rythme de la colonne à celui d'un pas rapide, David Brunell contacta la camionnette chargée de venir les récupérer en cas de problème, pour annoncer qu'ils étaient en route avec le témoin et que la propriété avait été prise d'assaut.

Alors qu'ils traversaient rapidement la terrasse d'un restaurant improvisé, le fédéral passa en revue les visages des clients. Ses yeux effleurèrent le visage émacié d'un type aux cheveux noirs tirés vers l'arrière. L'homme, qui portait des lunettes de soleil, avait une expression mauvaise.

— Yovana ! appela une voix aiguë et cassée.

Une vieille femme, habillée comme une paysanne, se dirigeait droit sur Mlle Ortiz, tenant dans ses mains un bouquet de roses. Les agents des Black Warriors réagirent aussitôt. Ils se tournèrent et pointèrent leurs armes sur elle.

— Stop ! intima David Brunell à la vieille.

Mais elle l'ignora, comme elle ignora les canons dirigés vers elle, pour se précipiter sur la jeune femme.

— Seigneur, vous n'allez pas lui tirer dessus ! s'écria celle-ci. Vous êtes fous ! Elle veut juste un autographe...

Les gardes baissèrent leurs armes, ce qui permit à la vieille de passer ses bras flétris autour du cou de la jeune femme, plus grande qu'elle. Elle la serra farouchement, se plaquant autant qu'elle pouvait contre le gilet pare-balles.

Yovana Ortiz lui rendit son étreinte. Elle sentit alors sous ses doigts, et sous la robe brodée de son admiratrice, quelque chose d'inhabituel, dur et irrégulier. Intriguée, elle baissa les yeux sur le visage de la vieille femme. Son expression était triste et résignée.

— C'est pour mes enfants, dit-elle. Je suis désolée, mais vous comprenez...

Une fraction de seconde avant que Yovana ait commencé de se débattre pour se séparer de la vieille femme, les yeux de Brognola revinrent se poser sur l'homme assis qui, maintenant, souriait. Un homme qu'il reconnut enfin.

Roberto Murillo.

— Non ! hurla Brognola. Non !

La puissance de l'explosion engloutit son cri et fit trembler le sol sous ses pieds. L'onde de choc repoussa les deux femmes l'une de l'autre. Dans un éclair aveuglant, la vieille fut déchiquetée, littéralement démembrée. L'actrice, elle, fut projetée en arrière, à une dizaine de mètres, arrêtée seulement par le mur de soutènement de la colline.

Brognola se précipita et ne put que constater l'horrible vérité : le gilet pare-balles n'avait protégé que son torse. Il s'agenouilla. Baissant les yeux sur la bouillie de son visage, sur ses bras et ses jambes horriblement mutilés, il eut la certitude qu'elle était morte.

Pourtant, elle ouvrit les yeux.

— Mes enfants, murmura-t-elle dans un gargouillis de sang s'écoulant de ce qui avait été une si jolie bouche. Protégez mes enfants.

Brognola sentit quelque chose de chaud contre sa cuisse. Le sang jaillissait des artères sectionnées de la jeune femme et se répandait sur son pantalon. Il essaya désespérément de stopper l'hémorragie avec la main. En vain.

— La preuve, Yovana ! lui dit-il. Où est-elle ? Vous n'avez plus beaucoup de temps...

Quand elle parla, sa voix était si faible qu'il dut coller son oreille contre sa bouche pour l'entendre. Puis le dernier souffle de Yovana Ortiz lui caressa la joue.

ÉPILOGUE

Quand ils reçurent l'appel radio du numéro Un du *Justice Department*, le Cessna volait sur pilote automatique à cinq mille pieds, suivant la côte vers l'ouest de la mer de Cortez. Près de l'horizon, au-delà de la ville de San Felipe, la mer se perdait dans un estuaire, alimenté par la Colorado River. Tijuana était encore à plus de trois cents kilomètres de là, de l'autre côté de la péninsule de Basse Californie.

Mack Bolan cessa de regarder le vol des cormorans au-dessous d'eux. Jack Grimaldi poussa un bouton sur le panneau de commandes et parla dans le micro relié à ses écouteurs.

— Ici Blackjack. Allez-y, parlez.

— Les enfants sont-ils sains et saufs ? A vous.

— Salut, grand chef, répondit Mack Bolan. On a passé quelques moments difficiles, mais les garçons sont O.K.

La tension qu'ils avaient dû supporter, la vibration douce et régulière du moteur, le soleil chaud qui se déversait à travers les fenêtres du Cessna, tout cela avait réussi à endormir les enfants. Ça faisait maintenant deux heures qu'ils dormaient sur la banquette arrière.

— Et de votre côté ? demanda Brognola.
— Blackjack est O.K. et moi aussi.
— Si les enfants ont des casques, dit alors Brognola, enlève-leur, Striker, s'il te plaît.

Le ton de sa voix, même à travers les parasites qui encombraient la communication radio, fit comprendre à Bolan que les choses ne s'étaient pas bien passées à Tijuana. Qu'elles s'étaient même très mal passées.

— Ils dorment, Hal. Vas-y.

Quand le grand fédéral lui eut livré le récit de ce qui venait juste de se passer à la sortie du bunker, le Guerrier ne sut rien dire d'autre que :

— Mon Dieu !
— On n'a rien pu faire, poursuivit Brognola. C'est l'œuvre de cette ordure de Ramon Murillo. Il a même assisté au spectacle.
— Qui va annoncer ça aux enfants ? demanda Grimaldi.

Il y eut une pause à l'autre bout de la ligne, et le fédéral finit par murmurer :

— C'est mon boulot. Je m'en chargerai dès que vous aurez atterri à Tijuana. Quelle est votre heure d'arrivée prévue ?
— On est à environ deux heures, répondit Grimaldi.

L'Exécuteur se tourna vers les deux garçons qui dormaient, paisiblement enlacés. Ils avaient traversé un véritable enfer, avec courage. Malheureusement pour eux, le pire était à venir. La dernière chose qu'il leur avait dite, avant qu'ils ne s'endorment, c'était : « Ne vous en faites pas, à votre réveil, vous aurez retrouvé votre maman. »

Des mots qui lui restaient à présent en travers de la gorge.

— Hal, ce n'est pas possible d'attendre leur arrivée, dit-il à Brognola. Ils s'attendent à ce que leur mère vienne les chercher à l'aéroport. Je ne vais pas les laisser espérer comme ça. L'effet serait encore plus désastreux. Ils dorment mais, dès qu'ils se réveilleront, je leur dirai moi-même la vérité.

— Tu as raison, Striker. Tu es bien placé pour savoir ce qui est le mieux pour eux, mais je suis désolé de te laisser cette sale corvée. On se voit dans deux heures. Terminé.

Après avoir coupé la communication, Grimaldi se tourna vers son vieux copain. Dans les lunettes noires que portait l'Exécuteur, il ne voyait rien d'autre que le reflet du soleil du désert. Mais, sous le masque des verres teintés, dans le rictus de sa bouche, la ligne de sa mâchoire, Grimaldi sentit la puissance d'une tempête sur le point de se lever ; des nuages noirs se pressaient dans le lointain, menaçants.

Un ouragan se préparait.

Pour la première fois depuis longtemps, le Guerrier rentrait du combat abattu et furieux. Et, même s'il n'avait rien à se reprocher, il ne pouvait s'empêcher de penser que la mort d'Yvana Ortis aurait pu être évitée, et que, à un moment ou à un autre, il avait laissé passer la chance ou mal calculé les risques. Maintenant, il se trouvait devant deux enfants dont le seul parent était un monstre que son prochain blitz aurait pour but de supprimer. C'était un des cannibales les plus dégueulasses qu'il lui avait été donné d'affronter. Pour voir sourire de nouveau ces deux visages enfantins, il eût donné n'importe quoi, et pourtant, il allait dès demain s'acharner à en faire des orphelins…

Mais le combat de Mack Bolan continue...

A son arrivée à l'aéroport, Mack Bolan était attendu par un contact qui, en plus de lui remettre un grand sac chargé d'armes et de munitions, lui avait confirmé qu'un Bataillon de la Mort colombien avait débarqué peu de temps auparavant, et disparu comme par enchantement, grâce à l'intervention de Ramon « Trois Clous » Murillo — l'homme qui avait orchestré pour le compte du cartel la mort théâtrale et tragique de Yovana Ortiz.

Bolan avait quitté le parking de l'aéroport dans un nuage de gomme, et cela faisait maintenant trois heures qu'il roulait. Se basant sur les informations fournies par Hal Brognola, il pensait se trouver à trois kilomètres du car de tourisme qu'il poursuivait, quand, par la fenêtre ouverte, il entendit le craquement lointain mais reconnaissable entre tous d'une fusillade à l'arme automatique. Il poussa la Taurus à son maximum. Le moteur protesta dans un hurlement assourdissant, l'aiguille du compte-tours s'enfonça dans le rouge, mais le véhicule donna ce qui lui restait de puissance. Le crépitement hideux des armes semblait ne devoir jamais s'arrêter. Mais, quand il cessa, lui succédèrent quelques coups de feu isolés.

Devant lui, sur le versant d'une colline qui dominait la route, se dressaient les ruines jaune pâle d'un petit temple maya. Près de la route, s'élevait un abri rudimentaire devant lequel stationnait un autocar argenté. Et, dans un nuage de fumée, deux camionnettes traversaient la grande aire de parking en direction de la nationale.

Le premier pick-up rebondit sur l'asphalte juste devant Bolan, lui faisant une queue-de-poisson. Une demi-douzaine d'hommes étaient accroupis sur le plateau arrière, armés de fusils automatiques et le visage cagoulé.

Le Sentier Lumineux.

Le deuxième pick-up atteignit l'extrémité de l'allée une fraction de seconde avant Bolan. En cet instant, l'Exécuteur avait, et l'angle, et l'avantage. Un avantage qu'il saisit sans la moindre hésitation, dirigeant le coin de son pare-chocs vers l'aile avant du pick-up en mouvement. L'autre conducteur resta sans réaction face à cette Taurus qui venait sur lui, au contact.

L'impact fut d'une violence inouïe. Le choc plia l'avant de la Taurus, faisant valser la voiture dans une série de furieuses rotations. Bolan écrasa brutalement la pédale de frein. Les roues bloquées, son véhicule se laissa dériver sur le bas-côté de la route et s'arrêta brutalement contre le talus.

Aussitôt, l'Exécuteur se pencha pour récupérer le MAC-10 sur le plancher. Le pare-brise, craquelé, était opaque, et il s'était déformé du côté passager. Ouvrant la portière d'un coup d'épaule, Bolan s'éjecta, l'Ingram pointé devant lui, et nettoya le secteur en moins de trois minutes. Les tueurs, trop sûrs d'eux, se firent faucher par les ogives brûlantes avant d'avoir compris ce qui leur arrivait.

Quand l'écho de la fusillade se dissipa enfin, un calme macabre tomba sur l'endroit.

L'Exécuteur se dirigea vers le pick-up le plus proche. Sous la violence de l'impact, la tête du conducteur était passée à travers la vitre de sa portière. L'anneau de verre dentelé qui entourait son cou l'avait pratiquement décapité. Son sang s'écoulait sur la portière, à l'extérieur, pour se répandre sur l'asphalte brûlant et y former une mare rouge vif.

Bolan alla inspecter tous les corps, l'un après l'autre. Il ne trouva que des cadavres, auxquels il retira leurs cagoules, révélant des visages bruns, luisants de sueur et aux yeux fixes.

Mais aucune trace de Ramon Murillo.

Le Guerrier s'engagea alors rapidement dans l'allée de gravier pour rejoindre l'endroit où le car d'excursion était stationné. Son moteur tournait encore. Sur tout le flanc droit du véhicule, les corps des touristes américains, qu'il était censé protéger, se trouvaient alignés sur le sol. Certains avaient encore la courroie de leur appareil photo passée autour du cou. Devant eux, un arc de cercle formé de douilles de cuivre. Le Sentier Lumineux avait vidé sur ses victimes des centaines de projectiles pratiquement à bout portant. Ceux qui n'avaient pas été tués par les rafales des armes automatiques avaient été achevés d'une balle dans la tête. Le flanc du car était vérolé d'une multitude d'impacts et éclaboussé de sang, de fragments d'os et de matières organiques.

Juste sous les vitres, un des mercenaires avait écrit avec une bombe de peinture orange :

« El Rey del Mar. »

« Le Seigneur des Mers. »

Don Jorge Luis Samosa, le baron de la drogue de toute la Basse Californie, venait de déclarer la guerre à l'Exécuteur…

Composé sur le serveur d'Euronumérique, à Montrouge
Achevé d'imprimer en septembre 2002

BUSSIÈRE
GROUPE CPI
à Saint-Amand-Montrond (Cher)

— N° d'imprimeur : 24646 —
— N° d'éditeur : Ex. 195 —
Dépôt légal : octobre 2002.

Imprimé en France